大雅

为一种品格注脚

洛威尔系列

生活研究
致联邦死者

［美］罗伯特·洛威尔 著
Robert Lowell

杨铁军 译

广西人民出版社

目 录

生活研究

第一部

005　阿尔卑斯山外
009　银行家的女儿
012　就职典礼：1953年1月
014　一个发疯的黑人士兵被囚慕尼黑

第二部

019　里维尔街91号

第三部

065　福特·马多克斯·福特
068　致乔治·桑塔亚纳
071　致戴尔莫·施瓦兹
073　哈特·克兰的话

第四部

I

078　和德伏茹舅舅在一起的最后一个下午
086　邓巴顿
090　外祖父母
092　洛威尔中校
096　柏弗利农场最后的时日
099　父亲的卧室
101　待售
102　从拉帕洛坐船回家
105　发烧
107　醒于蓝色
110　三个月后归家

II

114　回忆西街和莱普柯
117　男人和妻子
119　"说起婚姻中的不幸"
120　臭鼬时刻

致联邦死者

125　声明
126　水

128	旧火
131	中年
133	尖叫
136	哈德逊河口
138	1961年秋
140	佛罗伦萨
143	训诫
145	往者
147	眼睛与牙齿
149	艾尔弗雷德·康宁·克拉克
151	儿童之歌
153	警句诗
154	法律
156	公众花园
158	罗利夫人的悲叹
159	来来回回
162	近视之夜
165	返回
167	饮者
170	霍桑
173	乔纳森·爱德华兹在马萨诸塞州西部
179	第十缪斯
181	新古典之瓮
184	卡利古拉
187	割下的头颅
190	阿尔卑斯山外

194　七月在华盛顿
196　布宜诺斯艾利斯
198　掉落南方：巴西
200　软木
203　纽约1962：片段
205　瑕疵
207　夜汗
209　致联邦死者

214　译后记

生活研究

给伊丽莎白

第一部

阿尔卑斯山外①

(从罗马开往巴黎的火车上。1950年,派厄斯十二世②宣布圣母升天的那一年。)

瑞士人再次扔了海绵③,
珠穆朗玛却还是没被征服,读到这儿时,
我看到我们的巴黎卧车
缓缓如月,穿过阿尔卑斯的休耕雪④。
哦,美轮美奂的罗马⑤!我看到
列车员一个个身体前倾,踮脚打铃。
生活一变而为景观。离开神之城,
将它留在身后所属之地,实非我之所愿。
那里,脂粉狂墨索里尼⑥展开
恺撒的鹰纛。他,不过是我们中的

---

① 本诗最早发表于1953年,收入《生活研究》(1959年)时经过了大幅修改。
② 即罗马教皇庇护十二世(1876—1958)。
③ 拳击选手的教练扔掉擦汗的海绵或毛巾,是向对手承认失败的表示。瑞士人两次登喜马拉雅山是在1952年的春季和秋季。
④ fallow(休耕的)在这里是沉眠的意思;不过我猜想洛威尔也许想到了fallow deer(黇鹿),此鹿身上布满梅花鹿那样的斑点,而火车车窗投下的光影在雪地上,好像黇鹿身上的斑点,有可能是我过度解释了。
⑤ 原文为意大利语。
⑥ 墨索里尼(1883—1945),第二次世界大战时期的意大利总理。

一员，纯粹的散文①。我嫉妒
我们的祖父辈招摇过市、浪费生命的环游——
长发的维多利亚智者们，从信托基金提钱
周游世界，飘然之际接受了宇宙②。

梵蒂冈宣布玛丽灵肉升天之时，
圣彼得大教堂③的人群高呼"圣父"。
教皇连忙扔下刮胡须的镜子，
侧耳细听。电动剃须刀嗡嗡响，
托在左手的宠物金丝雀，叽喳个不停。
科学的灯光，相比升天的玛丽
不啻萤火之微——只需神奇的一刹，
她便张开天使的翅羽，翩如一只辉煌林鸟！
但谁还相信这个？谁还懂得这个？
朝圣者仍旧亲吻圣彼得的黄铜草鞋④。

---

① 这句话颇费斟酌，"不过是我们中的一员"，这个"我们"指的是普通人，还是洛威尔那样的精英？"纯粹的散文"是强调"散文"的无趣、低级（相对诗歌而言）？抑或是强调"纯粹"，亦即"纯粹"的比"不纯粹"的散文高级？本诗初版发表于《肯庸评论》（1953年，Vol. 15, No. 3），这两句是这样的："哦神灵，当那个捶胸顿足的顽固分子展开了/恺撒的鹰纛，他不过是我们中的一员，/纯粹的散文，没有那么光鲜……"据此推断，这里的"我们"指的是普通人，"纯粹的散文"指的是平庸无聊的文字（相对诗歌而言）。
② 此处暗示洛威尔这一代对欧洲和现代文明的崇拜和幻灭感，和其先辈是不同的。
③ 圣彼得大教堂位于梵蒂冈，是世界上最大的教堂，天主教的中心。
④ 圣彼得大教堂据说是耶稣门徒圣彼得的陵墓所在地，内有圣彼得铜像。据说触摸铜像右脚可得保佑，因此无数朝圣者亲吻、抚摸，现铜像右脚明显小于左脚。

被私刑处死的领袖,光秃秃的头颅被靴子踢扁,还在说话①。
上帝牧放子民领受仁慈的一击②——
哦派厄斯,盛装的瑞士卫兵们,长矛斜举,
从怪兽般推涌的教众间挤出一条通道……

爬坡的火车来到平地。
厌倦了轮子呼哧呼哧的抱怨,
那个眼眶湿润的自我平躺,在我的铺位上蹬来踢去,
看到阿波罗的脚踝穿过晨光的大腿
植入坚实的大地……
每座一闪而过的废弃之巅,都是一座巴台农神殿,
宛若独眼巨人被太阳之火灼黑的眼窝。
那样的高度曾由希腊掌管,
不接受任何门票,有女神屹立其上,
王子、教皇、哲学家及金枝③,
镰刀般劈风斩浪的舰首上纯粹的意志和杀戮——
大脑流产诞下的密涅瓦④。

---

① 指的是墨索里尼1945年和情人贝塔西及随从在逃亡瑞士途中被游击队俘获、枪决,其尸体被倒吊示众。
② 本意是助垂死之人解脱的最后一击,以减少其痛苦。
③ 在维吉尔的《埃涅阿斯纪》中,金枝被埃涅阿斯用来买通去往地狱的大门。
④ 密涅瓦是罗马神话中的智慧女神、战神,以及诗歌、艺术之神,相当于希腊神话中的雅典娜。密涅瓦是从父亲朱庇特的大脑里蹦出来的,所以被洛威尔说成是"流产"。

生活研究 007

如今，巴黎作为我们的黑色经典①，分崩离析，
好像伊特鲁里亚人杯器上那些屠戮成性的国王②。

---

① 关于"黑色"的具体所指，众说纷纭。有说法称巴黎当时到处是煤灰；也有说法称巴黎作为世俗的化身，和白色的阿尔卑斯山以及神之城罗马，形成一种鲜明的对比。洛威尔从罗马到巴黎，等于放弃了天主教信仰，主动投入世俗的混乱，经典被破碎的现实所代替。从此，洛威尔象征性地踏上了他的"自白派"诗歌之路。
② 伊特鲁里亚文明约公元前9世纪发源于意大利半岛，后来被罗马文明融合、取代。

银行家的女儿

(玛丽・德・美第奇[①]，其夫亨利四世被刺不久后，
被儿子流放，借住鲁本斯的房子。)

那时，可怜的佛罗伦萨乡下女
分娩，如此巨大的一团贞洁的肉蛋，
只有女人才会认为那是女人。
亨利国王踮着脚尖转圈子，打趣说：
"看啊，我的母牛要产牛肉了。"

哦贴身的扭打，软糯的猥亵，
拖垮整个国库的衣橱，
珍珠项链，发狂的竖琴绷紧——
哦紧张关系，腹股沟与脊椎骨！每天晚上
我都蹬枕头、编谎言，为了
掏空我丈夫的钱包。奉承说，他的风筝眼

[①] 美第奇（1575—1642），出身于意大利佛罗伦萨的贵族家庭，其母出身于哈布斯堡王族。25岁时嫁给法国国王亨利四世，据说这个婚姻是亨利四世为了偿还其欠美第奇父亲的巨额债务而安排的。次年美第奇诞下儿子，即后来的路易十三。1610年，亨利四世出征在即，在为美第奇加冕皇后的第二天被刺身亡，不到9岁的路易十三即位，美第奇摄政。美第奇是狂热的艺术赞助者，著名的弗兰德画家鲁本斯（1577—1640）是她赞助的艺术家之一。

从蓝天飞进我的天窗。
我是一只麻雀。他五十有二。

啊,我那小女孩式的情绪波动,蛮横地
把我痛苦的丈夫赶出卢浮宫,晕乎乎地,
去城里的单人寓所睡觉。

他害怕国王们命定的滑稽之死……
却还是惨遭非命——
死于一把用马车轮子磨的菜刀。

您的大神经,陛下,睡得无忧无虑。
没有哈布斯堡王朝的战帆,从菲尼斯特雷海角启航,
满载金条,资助善偷善抢的民主国、
头如螺丝帽的神父、虚无主义的王公贵族。
睡吧,睡吧,我的丈夫。在圣丹尼①,
轮到我们亲吻大地时,刻刀精细的枕座
与卡拉拉猎犬,全都不会表露同情。
如今,季节轮转,权力到了一圈挥镰的、
狂笑的儿辈手中;国王必须效法国王,
走上船板②,完成他不朽的一跃。
响吧,响吧,疲倦的铃铛,法国国王死了;
谁能给这位土地的情人咫尺之床?

---

① 圣丹尼大教堂,位于巴黎近郊,法国国王的安葬之所,美第奇也葬于此。
② "走船板"是海盗惩罚叛乱的一种方式,即叛乱者被蒙上双眼,走向伸出舷外的木板,没有落水的免于处罚。

我的儿子正在梦中长高。
我看到他长着"酒窝"的小手攫住凡尔赛。
唱摇篮曲吧,我的儿子,唱摇篮曲。
我摇着我的梦魇之子,听他哭喊,
讨要金球和权杖;他要的是王后去死⋯⋯
因此,我的手紧贴情人之手;
我是他的陈年佳酿,而他活生生的葡萄藤
缠住我,每过一刻,都分泌更多
致命的红酒。通过一次次罪愆,
甚至一个王后,也能度过所剩无多的时间。
您也是,我的丈夫。您不也曾
喜欢鲜血与消遣!如果说您不公平地
利用过娘胎带给您的优势,
那么,请原谅大地易变的美德。

就职典礼：1953年1月①

大雪掩埋了史岱文森②。
地铁敲击墓室如鼓。第三大道，
曼哈顿坚如磐石的桁架，披了白鼬皮，
呻吟着陷入贫民窟，我听到
轻轨③的绿横梁在那里冲锋的呼啸声……
格兰特④！词语的风暴之零⑤，
我们的战神，那个在冷港之役

---

① 指美国第34任总统艾森豪威尔（1890—1969）的就职典礼。洛威尔是一个坚定的和平主义者，反对代表共和党的艾森豪威尔。
② 史岱文森（1592—1672），最后一任由荷兰人控制的新阿姆斯特丹市（即后来的纽约市）市长。这里的史岱文森应该指的是农场圣马可堂外的史岱文森半身铜像，位于纽约市曼哈顿史岱文森街和第二大道路口，或兼指教堂东墙下的史岱文森墓室。
③ 纽约的轻轨当时正处于被地铁淘汰的阶段。
④ 格兰特（1822—1885），美国南北战争时期的北军将领，在冷港之役中作为进攻方，毫无目的地冲击占据有利位置的南军，致使北军一小时内就损失惨重，为此颇遭诟病。格兰特和后来的艾森豪威尔一样，也是军人从政，做了美国总统。洛威尔认为两个总统的共同点是好战、不吝人命。
⑤ 此处的"词语"是否具体有所指？从上下文看有两种可能：(1)"词语"指的是 Snow（雪），因为 Snow 中的 o 即"风暴之零"；(2)从更广泛的语境看，"词语"指的是 God（神）。《新约·约翰福音》(1.1) 说 "In the beginning, there is Word, the Word was with God, and the Word was God."，直译的话是这样的，即"太初有词，词与神同在，词就是神"（和合本的翻译：太初有道，道与神同在，道就是神）。所以"词语"指的是"神"（God），而 God 的中间正是"风暴之零"：o。不管怎么理解，这句话对格兰特自命为神、草菅人命的讽刺意味还是很明显的。

一手埋葬了不朽的蓝军①将士的人！
骑士，你的剑还那么游刃有余！

冰，冰。我们的轮子不再转动。
看吧，那些固定不动，被裂变的星②，全都面目雷同
如乏境③中的原子，
而合众国却在征召艾森豪威尔④，
横在她心底的陵墓⑤。

---

① 美国内战期间，北方联邦军穿蓝色军服。
② 暗指美国国旗上的星星。
③ 乏境（lack-land）原文是洛威尔自己造的词，有点和《爱丽丝漫游奇境记》中的 wonderland（奇境）相反。一般认为，洛威尔在这里提供的是一个核冬天的图景。
④ 这里，洛威尔没有用艾森豪威尔的名字，而是用他的外号 Ike 称呼他，语带讽刺。
⑤ 这个陵墓既是象征，也实指位于曼哈顿河边公园、美国心脏位置的格兰特陵墓，它是美国规模最大的陵墓。

一个发疯的黑人士兵被囚慕尼黑[①]

"我们全是美国人,除了医生,
一个跪地给我洗眼的德国佬,手足科大夫。
把我按倒的小伙子,两个黑人疯子,试着
轻拍我的手安抚我。一圈接着一圈!这是什么勾当?[②]

猫影如烟,在慕尼黑动物园的瓦砾堆里出没;
假小子们在国王广场潜伏,用气枪
打栖息于芥末黄尖顶的鸽子。
除了我的女友,谁能让这座城市燃烧?

妓院赤裸裸地挑逗我的看守;
我发现我的弗若林[③],在有色人种病房的
黑森林里,缝补放风时穿的衬衫——
中尉军官们在她的裙下呱呱乱叫,像母鸡。

[①] 洛威尔曾因精神病发作,被妻子和几个朋友送进慕尼黑的美军监狱医院。
[②] "一圈接着一圈!这是什么勾当?"是权宜的译法。原文"Rounds, rounds! Why punch the clock?"可能是洛威尔在慕尼黑监狱里领略到的黑人俚语,本意是"为什么打卡上班?",但用在这里肯定有别的含意,也许是"为什么打我"的意思,也可能是和医生洗眼的操作有关,也可能是某种秽语,殊难确定。
[③] 德语中对未婚女子的称呼。

她的德语让我的血管硬了起来——
我的工资挥霍一空,一分钱都没存下。
我租了一艘铝制独木舟,
我在英国花园要了她六次。

哦宝贝儿,宝贝儿,像有轨电车的索杆,
一接触便冒火花,她的电击——
是一座发电厂!……医生点名了——
不许夹带刀叉。我们在挂钟前排成一行,

一帮珍奇的鳜鱼,习惯的奴隶,
在空调缸里倏地弹射,恰似星光。
喂食时间到。为一份蚂蚁卵似的口粮,
每一颗低等擦鞋匠的心都在搏动。"

第二部

里维尔街 91 号

  他没有教名，我的表亲卡西[1]自印的《传略：史密森尼家族遗物指南》[2]里称他为 M. 迈尔斯少校，对他的传述尽是些陈词滥调、凡人俗事，洋溢着一股关爱和亲切。肖像的铭牌，狂放地标榜道：我就是末底改·迈尔斯[3]。艺术家笔触下的他，脸色红润，身穿 1812 年战役带肩章的紧身白制服，腰系猩红剑带。右手所握之剑"如今藏于史密森尼博物馆的家族遗物陈列室"。他摆出一副骑士惯常的姿势，面露微笑，嘴唇紧绷，幽默中故作自大，略显尴尬。

  我的表亲卡西没有给出末底改父亲的名字，也没说首字母缩写，只是用故作匆忙的夸耀口吻，说他是"牧师，后来的耶鲁学院校长埃兹拉·斯戴尔之友"。其子末底改，作为一个年轻人，跟从一位法国流亡者，"波旁王朝"著名的德·拉克罗瓦上校学习战

---

[1] 卡西全名梅森·迈尔斯·于连-詹姆斯（1851—1922），比洛威尔大了 60 多岁，是洛威尔父亲一系隔了两辈的远亲，于连-詹姆斯是她出嫁后的夫姓。迈尔斯少校是两个人共同的高祖父。
[2] 书的全名是 Biographical Sketches of the Bailey, Myers, Mason Families, 1776 to 1905: Key to a Cabinet of Heirlooms in the National Museum, Washington（1908 年）（贝利-迈尔斯-梅森家族传略，1776—1905：华盛顿国家博物馆家族遗物陈列指南）。史密森尼博物馆亦即美国国家博物馆。
[3] 末底改是犹太人的名字，说明洛威尔祖上有犹太血统，并非他通常被归类的新英格兰盎格鲁撒克逊新教"正统"。

术。后来在马丁·范布伦①上校领导的纽约民团,锻炼6年后"成熟"了。在"克莱斯勒农场战役,与英国人成功交火之后,从肩头取出了30枚弹片"。养伤期间,他追求并获得夏洛特·贝利小姐的芳心,"因此证明了自己,比普莱茨堡联合军的竞争者们高明"②。他育有10个孩子,发起并通过了一条法律,免除纽约州教友会信徒服兵役义务,逝于1870年,享年94岁,"给陌生人的印象是一个伟岸的老人,老派人士气度"。

毫无疑问,相对于20世纪的波士顿,末底改少校生活的世界更讲礼仪,更为花哨,更有动物性。他举止犹疑,有一种多变的、地中海式的双面性,即使同时代的人,也肯定能注意到他身上兼备望族和新贵的特点。他肤色较暗,是个德国犹太人——并非纯粹的洋基佬,更像拿破仑手下的小杂货店老板之子出身,打发蜡的疯子将军,阿布朗泰斯公爵于诺③;或疯子乔治三世声名狼藉的儿子,打发蜡的摄政王"普利尼"④;或是摩尔人长相的西班牙贵族,被其同代人戈雅捕捉到画板上——某个抵抗波拿巴占领军,逃亡南美的西班牙游击队首领。我们的上校受苦的棕眼珠,把目

---

① 马丁·范布伦(1782—1862),曾任纽约州州长,后来做了美国第8任总统。
② 夏洛特·贝利出生于纽约州的普莱茨堡,她和迈尔斯的婚礼也在普莱茨堡举行。这里的普莱茨堡联合军,可能是形容追求夏洛特的本地人数量之多。还有一层可能的含义是:1812之战中,迈尔斯参加的克莱斯勒战役,美军以失利告终,而普莱茨堡战役的美军则大获全胜。战场失败的迈尔斯,在情场打败作为胜利者的竞争对手,夺得夏洛特·贝利小姐的芳心,算是"证明了自己"。
③ 让-安多徐·于诺(1771—1813),法国大革命时期的猛将,曾任拿破仑的副官,头部受伤后,战场指挥时好时坏,像个"疯子"。
④ 乔治三世(1738—1820),在位时间很长的英国国王。普利尼是乔治四世(1762—1830)的外号,因乔治三世患精神病而任摄政王,在位期间生活奢华,和朝臣关系紧张。

光停留在他那朝霞红的手指上,手套外翻,露出米色花边。

贝利-梅森-迈尔斯!我祖母这一系的帝国显贵,把随和的性格传给了父亲。因为父亲也缺乏我外祖父亚瑟·温斯洛归结于我母亲一系的花岗岩式乡气,即邓巴顿郡与新英格兰斯塔克家族的不守成规和执拗。梅森-迈尔斯的联合藏书票上,印了两条快乐的裸体美人鱼——棉花糖般可爱的、鲁本斯无骨风格的胖墩儿,有着脱衣舞娘的胸部、弗兰德式的微笑。他们的座右铭是拉丁文 *malo frangere quam flectere*,意为"吾宁弯勿折"①。

末底改·迈尔斯是我祖母的祖父。他受人尊敬,过了平淡无奇的一生。一个悠闲的乡绅、商人、州议会议员、施耐克塔迪市②市长、肯德胡克村的"总统"③。令人失望的是,他"喷火的棕眼珠"从没让他离经叛道。他死后,在人们对他的庄严记忆中,成了这样一类人:纽约州绅士,和一群有着荷兰名字的、脚踏实地的政治家为友,招待其饮宴的好客主人。这些鼎鼎大名包括:德·威特·克林顿、凡特普、豪斯、舒勒尔④。我母亲被少校的猩红马甲和具有异国情调的眼睛所吸引。她总说他具备继承自我父亲的表亲卡西这一系的衣着得体、饮食有度。高祖父末底改!可怜的披着狼皮的牧羊狗!在我年轻时反抗父母的混乱岁月中,我

---

① 这句拉丁文的意思其实相反:"吾宁折勿弯",即宁为玉碎,不为瓦全的意思。洛威尔的"错误理解"应该是故意的,暗讽父亲一方的软弱性格。
② 施耐克塔迪,位于美国纽约州的小城。
③ 上文提过的马丁·范布伦上校,后来的美国总统即出生于肯德胡克村。
④ 德威特·克林顿(1769—1828),曾任纽约市市长,纽约州州长,1812年竞选过美国总统。凡特普应该指的是亚伦·凡特普(1799—1870),纽约州议员,最高法院法官,和范布伦总统一样,出生于肯德胡克村,是总统的密友。豪斯不知所指,不过范布伦的妻子姓豪斯,所以应该是她的亲戚。舒勒尔可能是菲利普·杰罗米·舒勒尔(1768—1835),参加过1812年战争,做过纽约州众议员等职。

生活研究 021

试图把他想象成真正的狼、流浪的犹太人！有狼性的人！

少校末底改·迈尔斯的肖像找不到了，但翻检记忆，总能从我们里维尔房子的陈设中找到它。那陈设固定在我脑海中，无论是幻觉的扭曲，还是遗忘的迷雾，都没能使它消失。那里，大量的记忆之物，依旧坚如磐石。每一件都停留在自己的位置，有自己的功用、自己的历史和戏剧。那里，所有的东西，都被一种母亲般的照料保存着，而一个人年轻时，对那种照料不是忽视，就是反抗。那些事物及其主人，会在紧急状态中返回，充满了生机和意义——因为在其完成状态中，它们是持久的、完美的。

直到1922年，父亲的表亲卡西才和我们走得近了，但她当年就去世了。我母亲和一个共同继承人海伦·贝利在分割遗产时发生了不愉快。母亲常常是大吵一场，回到家，冻得浑身颤抖，而我，不了解其中的对错，有意无意把海伦·贝利和特洛伊的海伦混为一体，以执拗对抗我母亲声音里那种单调的偏见。1924年，我们搬到波士顿不久，一批并不需要的、迈尔斯先祖的肖像，递送到我们里维尔街的住所。接下来是"她们"的嫁妆——四辆"呻吟"的卡车，载来的沉重的爱德华时期的家具。我父亲开始从梅森-迈尔斯·于连-詹姆斯信托基金按季领钱，金额"没有多到腐化我们"，母亲说，"但足够让父亲不靠工资也活得下去"。信托的钱够了，我们的生活呈现多种可能性，父亲觉得是时候冒一点险了——在那些蓬勃、火热的日子里，也不算太大的冒险——便辞去了海军的工作，赌的是从商会让他收入翻倍。

我那时三年级，第一次在学校多了一点点关注。我害怕父亲离职海军会拖累我的受欢迎度。我是一个脾气暴躁、不忠不诚的浪漫男孩，对我父亲基本没有什么英雄崇拜，他的真人比当年他从金门大桥寄来的、穿制服的照片远远不如。我真正爱的，我母亲坚持对新客人说，是玩具兵。在我卷入这痴迷大潮的几个月里，人们对我来说是零——毫无价值，除非他们能为我的玩具兵团增添数量。罗杰·克罗斯比，是我的布里莫街小学的二年级学生，他有成千个锡兵——不是美国批量生产的，而是从法国第戎市定制的手工品。罗杰的父亲甚至拥有更具艺术性的成人收藏版：每个兵至少六英寸①高，在玻璃盒子里列队行军，他们的指挥官，可以分辨得出，全是拿破仑时代的军官：科莱博、奈伊元帅、缪拉、拿波里国王②。他讲了很多关于制服和战术奇袭的故事，在注意到我的狂热后，一个疯狂的下午，克罗斯比先生带我参观了他的玩具。他也许是第一个以平等的，而不是对孩子的态度跟我说话的成年人。此后，脑子里满是崇高思想的我，去罗杰的游戏室，忽悠他相信，自己的玩具兵是"中欧血汗工厂制造的劣质品"。他同意出让一整套老卫兵系列，华丽丽的进口货，第二帝国"红腿兵"，以及戴天蓝色贝雷帽的高山猎人现代版，交换二十四个纸浆材质的面团兵③，那是我从乔丹·玛施百货买的便宜货，他还觉得我慷慨大方。东西太多，我不得不把一辆儿童手推车，推到山坡顶上的平克尼街罗杰的家里。都搬运到最后一车了，我看到克罗斯比先生和我父亲在我家门前台阶上谈话。兵偶全都还给了罗杰；我面不改色心不跳，藏了一只鼻子脱屑的、戴一顶阿拉伯兄弟会毡帽的黑印度兵。

没有什么能安抚我，但得到许可把玩父亲的钝口装饰佩剑，

---

① 英美制长度单位，1英寸合0.0254米。
② 缪拉是拿破仑的妹夫，曾任那不勒斯国王，此前的那不勒斯国王由拿破仑的哥哥担任。
③ 第一次世界大战期间的美国士兵被称为面团兵。

我又高兴起来，我们的少校末底改也让我自豪。我常常不顾危险，站在里维尔街的街心，透过我家的玻璃窗，看那张肖像上火焰般的猩红腰带，衬着门廊起居室那斯巴达式的、简陋的、光秃秃的白。我听父亲说末底改·迈尔斯只是一个"少校助理"，他因此失去了光辉。那过分华丽的腰带，在一个平民，甚至一个民兵身上，也显得沉闷乏味，还不如小学音乐节上保安的制服威武。

1924年，大家还住在城里。夏末，我们买下了里维尔街91号的房子，窗口所望，是烽火山社区脱离控制的一部分，与北区贫民窟相接。令人宽慰的是，栗树街18号，我外祖父温斯洛带棕色柱廊的房子，（与我们住的房子）只隔四条街。一战前后的几十年，老洋基们意外地重新占据了山这边，把喜欢蕾丝窗帘的爱尔兰人先锋挤走了。在那个颠倒错乱的年代，共和党，或所谓"正确的那帮人"，在市选举中不再占统治地位，对我母亲来说，这倒是个令人振奋的消息。虽然如此，在自由放任、生机勃勃的20年代，里维尔街拒绝简单的一成不变。从一个极端到另一个极端，不断有房子翻修、粉刷、弃置、倾颓。换手的房子，也改换了语言和民族。往南几户人家，讲的是波士顿名门"火炬山不列颠口音"，说"否"，不说"不"。往北几户人家，孩子们的父母则讲意大利语。

在我母亲的感受中，我们家的位置不啻一种冒险，让她害怕、头晕。她说："我们很勉强地栖居在体面的外围。"我们家离路易斯堡广场，波士顿老城绝对的中心——宇宙中心的中心，50码[①]。

[①] 英美制长度单位，1码合0.9144米。

50 码!

　　作为一个海军少尉,父亲在哈佛大学读过研究生。他也在麻省理工学院读过研究生。他偏爱纯粹的理工院校,但两者都让他不屑。从 1924 年开始,他变了口气,开始以亲切的态度称哈佛为第二母校。我们去哈佛体育场看橄榄球,总有一种感觉,就是,我们的生活发生在体育场上,必须满足它对我们粗暴而时髦的期待:每次成功的触地得分,都得经过多少次摔跤、计分和跑动啊。父母相信他们的经济和社会地位在父亲从海军离开、明智地接受利华兄弟香皂公司剑桥分部的职位之后,一定会实现跃升。

　　跃升没有兑现。父亲 1927 年辞职,但从未实现一个平民的职业发展,仅仅是过了 22 年的平民生活。辞职后,他立马买了一栋更大、更时髦的房子,卖掉他那辆禁欲主义的、火炉黑的哈德逊,买了一辆丰满的棕色别克;后来别克又被交易,换了一辆高雅的帕卡德,几乎全新,定制的皇家蓝和桃花心木车身。奇迹没有发生,他的收入一年比一年少。

　　不过,只要我们还住在里维尔街,父亲总会慢慢适应,这期间他一定想过这个问题,即从整体来说,是否喜欢我们这个不怎么光鲜的街区。那时他还是一个好斗的民主党,表现出上层中产阶级、海军和共济会的风范。他爱嘟囔。议论总有一种病态的迟疑,但他认为自己是个实事求是的科学人,对北方国家在效率上的优越抱有不可动摇的信任。他的忠诚和幽默,有点模仿吉卜林[①]笔下那些赌咒发誓、只管干活儿的汤米的意思,有伦敦帝国主义之嫌。波士顿原生的势利眼,比如温斯洛家的人,还有母亲读书

[①] 罗德亚德·吉卜林(1865—1936),有广泛影响的英国作家,作品有帝国主义色彩和种族主义色彩。他有一首诗《汤米》,是从一个普通士兵的角度写的。汤米是当时普通英国人的泛指,相当于张三李四。

会的成员,对来我们家做客的那些粗俗的海军军官保持警惕,后者把里维尔街遇到的意大利人称作 A 级黄蜂和 B 级黄蜂①。里维尔街上的 B 级黄蜂,是西西里天主教徒,在剑桥街上卖廉价的二手家具,距我高祖父查尔斯·洛威尔不再使用的西教堂不远,家族档案里把这个教堂赞为避难所,不受三位一体的正统派,及其维护者暴政的索多玛和蛾摩拉的荼毒②。里维尔街的 A 级黄蜂,也就是好的北意人,卖高档日用品和殖民时代的遗物,店铺就在公众花园附近。还有一些意大利人,和父亲相熟,卖给他私酿的苏格兰威士忌,或杯装红葡萄酒。

我们里维尔街的房子,红砖外墙,千篇一律的玻璃稍许泛紫,精致的窗台,三角托底的窗檐——一道笔直的墙,由四个无缝连接、不可分割的立面组成,举凡皆是雷同的、炼狱似的商业设计。虽然位于老波士顿心脏地带,却毫无年代感和艺术感,对母亲来说,体现了海军这个职业那令人厌倦的、抹平一切棱角的平庸。里维尔街 91 号,是那种量产的规划社区,给波士顿社交界的印象,却是一种脱离正常范围的、愚蠢的存在,和那些白象似的累赘差相仿佛——贝母多用途刀、茶壶温度计,父亲爱从海军商店里捡的折扣货。

父亲在门廊里布置了一个小窝,光秃秃的白墙,空荡荡的白书架。唯一的装饰,是一架自己组装的十管收音机,电池供电,喇叭像一顶墨西哥阔边帽。收音机的特别之处在于,凌晨时分能收听到澳大利亚和新西兰的广播。

---

① 黄蜂是对意大利人的蔑称,就是意大利佬的意思。
② 三位一体是基督教三大宗派(天主教、新教、东正教)的基本信条,即圣父、圣子、圣灵三者为一。索多玛和蛾摩拉是圣经中记载的被上帝毁灭的两座罪恶之城。

小窝有一把橡木打造的犀牛皮扶手椅，是父亲的最爱。一眼看上去，就知道是男人或单身汉的椅子。椅背有滑挡调节。椅子为黑色，裂了口，浑身上下，到处都有刻痕、刮擦、起皮、凿洞、首字母刻字、火药灼痕、杯底圈痕，看起来像浅烟叶，叠置在深烟叶上。父亲是个心思细腻的人，我怀疑这些损伤并非他的杰作。椅子的历史可以追溯到他上海军学院一年级的时候，是从海军学员博弗德手上买来的。博弗德绰号"美人"，性格可疑，令人捉摸不透，喜吼闹。父亲对每一处损伤都爱不释手。

父亲出生两个月，他的父亲就去世了。无父的阴影紧跟他度过生命的每个阶段。他是一个内敛的孩子，把他带大的是一位温和的寡妇，和一位强势的外祖母。14岁半，他成为一名年轻内敛的海军学员。从安纳波利斯的美国海军学院毕业的时候，他已养成高度抽象的形式感，更在表面上润了一层幽默作为迷惑。那时的他，也许已经到了他智力可能性的天花板。他性格内向——不缺乏深度，只是，他的深度是相信统计学、怀疑个人经验的那种僵化的深度。年届四十，父亲陷入精神低谷：作为一介平民，他保持了高度的形式感和幽默感，讲求准确性，但这种准确性并不重要，只有娱乐性，没有用武之地。他对问题的解析变得短视；他的害羞发展为躲闪；他讲话笨拙，尽显倦态。从海军离开后的22年里，他再没有擅离波士顿，却也从来没有成为波士顿人。他从上一个工作，漂到下一个，用那句老掉牙的话说就是，成了出水之鱼——这话残酷而准确。他大口大口喘气，怀着无力的乐观主义，每换一个工作，就致力于新的理想，再也没有享受过清闲，甚至再也没有把头钻到沙子里的机会。

母亲恨海军，恨海军这个圈子，恨海军的工资，恨两年一次，

生活研究　　027

父亲转到新基地或新舰,就必须来一遍的安家搬家的程序,钟摆似的。结婚 9 年、10 年后,她还是怀疑丈夫没情趣,不够跋扈,唯一的好处是体贴。跋扈——父亲在效率方面的特长完全无助于她推崇的这个气质,只有在外祖父温斯洛身上她才能找到那种令人安心的专断。重要的不是父亲出海太平洋,不在身边,是必须跟随他的节奏,到处搬家这个现实令她沮丧。他远在太平洋的日子里,她有自己的朋友圈,自己的父母,一整座房子——还有波士顿!在充分意识到自己的独特性和正常性的同时,她沉浸在梦想的刺激里,父亲的形象在其中被理所当然地理想化了。吃英式松饼的茶歇期间,她常常跟我描述这样一个崇高的男人——他是失去生命的齐格弗里德,被布伦希尔德扛着,穿过闪光的空气,来到瓦尔哈拉神殿①,我的大姨萨拉以神父李斯特②教给她的自由,弹着齐格弗里德的主题作为伴奏。有时候,母亲的英雄跳进莱茵河底的洞穴,杀死盘踞在金窖里吃人的恶龙。有一次,她重讲《艾格隆》,说到萨拉·伯恩哈特的罗曼司、鹰之子③、虚弱者的时候,几乎要晕倒了。她说出"虚弱者"这个词的时候,带着一股让人发笑的激情,让我对拿破仑二世的父亲拿破仑一世,有了一个高大的错误印象。艾格隆的父亲,**高大的拿破仑**,把手伸进小号白马甲,搔着大腹便便的肚子,躯干上全是毛,肌肉发达,满满的男子气概。现实中,她不但做不了梦,还得收拾房子,乏味

---

① 齐格弗里德和布伦希尔德都是德国作曲家瓦格纳的歌剧《尼伯龙根之歌》中的人物。
② 神父李斯特即 19 世纪的匈牙利作曲家李斯特。
③ 《艾格隆》,法国剧作家艾德蒙·罗斯坦(1868—1918)的剧作。艾格隆是拿破仑二世的外号,雏鹰的意思。拿破仑二世体质虚弱,21 岁就去世了,并没有实际统治法国。萨拉·伯恩哈特是剧中演拿破仑二世的女演员。

无趣，满身疲倦。没有鹰，只有一个20世纪海军基地里的中校军官[1]，感兴趣的是蒸汽机，是收音机，是他的"战友们"。为了逃离海军基地、蒸汽机和那些"战友们"，母亲脑袋一热，买了里维尔街的房子，既寒酸，又不实用。婚姻生活，每天都在迫使她挥霍潜意识里积聚的能量。

"喂劳——，喂——劳——，喂劳——[2]"母亲尖叫着。"不过——而且，不过——而且，不过——而且！"父亲低沉的嗓音嗡嗡地回应。虽然听不确切意思，但我还是竖着耳朵，像是听一部电影。在父母的激情之雨中，我感觉自己从头到脚都湿透了。

整整两年，母亲都吵着父亲，让他从海军退役，里维尔街91号成了一个折磨我们的、关节炎似的精神病痛。第二年秋天，宏大而空虚的厌倦缩小了，成为第二年冬天只达到平均刻度的厌倦，我变得不爱开口说话。我让父母厌倦，他们让我厌倦。

"喂劳——，喂——劳——，喂劳——！""不过——而且，不过——而且，不过——而且！"

周末我大都在家。一整天期待夜晚来临，届时，我的卧室墙壁便会再次震动，把我惊醒。我心中狂喜，耳朵里充斥着父母吵架、把彼此折磨到筋疲力尽的声音。有时，我不穿浴袍和拖鞋，匍匐着来到冰冷的客厅，埋伏在楼梯栏杆后。这样便可以听清几

---

[1] 洛威尔的父亲军阶是海军中校，在美国海军序列中排在上校舰长之下。
[2] 诗人坎贝尔·麦克格莱斯（1962— ）在《和罗伯特·洛威尔打老虎》一文中记述和洛威尔在印度打猎，洛威尔发出这样的声音，说是从温斯洛舅舅那里学来的口哨声，能召唤孟加拉虎。文章应该是虚构，但可以看出坎贝尔把这个声音理解为口哨声，不知道依据在哪里。这里的"喂劳"很明显不能理解为呼唤老虎。它首先是洛威尔模仿母亲尖利语调的拟声，也许兼有一种个人私密的象征性的意图。

个词"是的,是的,是的",父亲嘟囔着。母亲指责他"堕落","生活在傻瓜的天堂,习惯性地拖延、被拖延,陷入什么都不做的惰性"。铁了心的母亲发狂似的督促他退役。她甚至在平静中也显得歇斯底里,却做出一副病人和耐心的战略家的样子,以示她的客观中立。一天晚上,她用谋杀者的冷酷语调说:"鲍比①和我要去爸爸家里住。"那是对父亲的最后通牒,让他签字,把里维尔街的房子转到母亲名下②。

有的晚上,我辗转反侧,失望得要死,因为母亲和父亲的声音低下去,母牛一般和谐,他们一起批评海伦·贝利,或德·斯达尔上将。有一次,我听到母亲说:"一个男人必须自己下定决心。哦,鲍勃,如果你要退役的话,现在就去说,至少我可以提前计划,让你儿子在同一个大陆上*活下去*、接受教育。"

大约在此期间,我被送去戴恩医生那里,为的是*活下去*。戴恩是一个教友派按摩师,他的诊所位于马尔波罗街。戴恩医生穿一件浅棕色的旧式药剂师罩袍,有一股旧式药房的健康味道。他的实验室没有怕人的器械,只有一种保守的、不专业的粗糙和坚硬,像置身于外祖父温斯洛乡下房子的书房或卧室,给人熟悉的感觉,令我放下戒备。戴恩医生用玫瑰红的手,使劲扳我的肩,效果显著,我觉得自己简直是个英雄。每当一块出岔子的肌肉重归平静,我都感到一种说不出的喜悦。母亲对古怪的神秘主义没有好奇心和想象力,但她相信戴恩医生的男子气:干净,挺着不吃药——跟在家里一样。她相信按摩治好了我的病因不明的哮喘,

---

① 鲍比是对罗伯特的爱称。洛威尔和父亲名字都叫罗伯特,但这里很明显指的是儿子。
② 据洛威尔在另一篇文章里说,房子是洛威尔的外祖父通过某种以贷养贷的方式买的。

而那些更昂贵的专家却都束手无策。

"给你一分钱,告诉我你在想啥,叔本华。"我母亲会说。

"我想要的可是好几分钱。"我回嘴道。

"我是小孩子的时候,我会把做过的所有事,都告诉妈妈。"母亲说。

"但你不是小孩子。"我说。

每天放学后,我喜欢沿着里维尔街磨蹭,嘴里哼着《起锚之歌》。这首歌是父亲当年的班歌,后来成了官方的海军军歌。不过被我母亲一刺探,我便头脑空白,满身虚汗。跟其他那些嘴紧难缠的小孩一样,我幻想自己是一个面不改色心不跳的应对者。"你都干什么了,鲍比?"母亲问。"什么都没干。"我答。这样,起码可以避免自己在家时的情绪被掏空。

但在学校,我的极端性却只体现在传统意义的平庸上,举止沉闷,心不在焉,这都是因为,我内心疯狂地期盼被人羡慕。我最亲近的朋友是埃里克·伯克哈德,一个哈佛建筑学教授的儿子。伯克哈德一家来自苏黎世,非常德国,不过不像鲁登道夫[①],而像《小男人》[②]里乔的德国丈夫,有一种亲切、滑稽的 19 世纪做派,或是二年级读的德国小说里,那些狂飙突进运动[③]自由主义者的做派。"埃里克父母两人都是伯克哈德博士。"我母亲有一次说。确实,伯克哈德夫人的博士学位,土气的长裙,戏剧性的辫子,缺乏光泽的金发,惹人喜爱的同时,也招人厌。奇怪的是,伯克哈

---

① 鲁登道夫(1865—1937),第一次世界大战时期的德国将军。
② 《小男人》是路易莎·梅·奥尔科特(1832—1888)继《小妇人》后续写的小说。
③ 狂飙突进运动是 18 世纪德国文学受到卢梭影响后的转向,代表人物有歌德、席勒等人,代表作有歌德的小说《少年维特之烦恼》等。

生活研究

德家的房子，虽然走的是欧陆小资的稳重路线，但却一点都不中庸——不偏好笑的老瑞士风，便倚疯狂的现代风。伯克哈德博士的太太常在没铺地毯的长条形客厅里，摆上热巧克力和奶油盘，招待朋友喝早午茶，身边有毒蕨环绕，脚下是打蜂蜡的黄色地板，正中有光线从天窗漏下。墙上挂着专业级的照片，从一定的距离看，像是勃朗峰——实际的景观却是弗兰克·劳埃德·赖特[①]的日式旅馆。

我敬佩伯克哈德一家，在他们家跟在自己家一样自在，这种感觉，在我发现母亲和他们相处不自在的时候，便更强烈了。那种温暖、具有启迪性、明亮的温室蕨类氛围，超出了母亲的接受范围。

埃里克和我还没到关心书本和体育的年龄。我们俩家里都没有让人爱不释手的玩具，也没有可以上上下下的电梯。我们虽形影不离，我却想象不出我们都谈了些什么。我喜欢埃里克，因为他在布里莫街小学比我红，但却独一无二。他有一张粉笔白的脸，一头金白相映的细密软发。他身体瘦弱，肘部外翻，说话像勃朗峰上的鸟鸣，被打断后会脸红，露出迷惑的表情。布里莫其他的男孩子穿粗花呢高尔夫短上衣，束膝灯笼裤，但埃里克总穿黑色正装上衣，拜伦开领，不翻边的法兰绒灰裤子，裤腿几乎盖过脚。天暖的时候，长裤换成只有幼儿园小朋友才穿的法兰绒灰短裤。他怪异的穿戴不是显老，就是显小，没人羡慕。他愉快而平静地接受父母对他心血来潮的怪打扮，这在我看来，不大自然。

我第一次和埃里克吵架，便成了最后一次。都是我的错。我们布里莫一整个班的同学，几乎全染上了百日咳，但埃里克的病，

[①] 弗兰克·劳埃德·赖特（1867—1959），美国建筑师。

就像他的长裤那样不合时宜——一个月前便发作了。一整月,他都在隔离中,被迫在公众花园的偏僻角落里一个人玩耍。他和他的瑞士保姆在依瑟纪念喷泉边跳绳,避开行人,远离湖岸和天鹅船,却还是很显眼。他父母觉得这是个绝佳的机会,让他把德语捡起来,因此隔离被夸大到绝对的地步,特别是他们不讲英语,只讲那种发自喉咙深处,听起来像英语的瑞士德语。他瘦弱且温顺的身体绕着喷泉转啊、转啊、转啊,玩得不亦乐乎,直到我去逗弄他。他做手势让我离开,但我逼得更近了。我身后跟了一帮布里莫最受欢迎的小子。我还是第一次吸引到几个小姑娘的注意。我走近。我大喊大叫。埃里克是不是害怕女孩?我模仿他说德语。一、二、三,啤酒。还模仿他咳嗽。保姆用她唱歌似的瑞士英语说:"他担心一开口说话,或者你靠得太近,会把百日咳传染给你。"我逼得更近。埃里克脸红了,然后变得苍白,弓腰咳嗽起来。他哭了,保姆只好把他从公众花园带走。接下来一个星期,我每天都在花园骚扰他,其中两三天,我成了注意力的中心。"来看日内瓦湖的蜘蛛猴吧!"我喊道。不知道为什么,我完全停不下来。我觉得埃里克从没告诉他父亲这事,但他恢复之后,我们再也没说过话。裂痕太深,完全无法弥合。我们班同学大为惊骇。他们甚至设计了一个庄严的仪式,让我们和好。我们在胸前画十字,把唾沫吐在一起,把血混在一起。那种和解太肤浅了。

父母每天晚上的私语和争吵10点,甚至11点结束,父亲脱下便装,换上中校制服,坐有轨电车去查尔斯顿的海军基地。他刚磨合好一辆新车,总是像懂行的车夫那样,聚精会神,警惕地观察他的哈德逊。他不是在给发动机做细若发丝的调教,便是在和它进行朋友间的交流。他怕车身走形,失去光泽,虽然车身的黑色，跟他浆的衬衫一样丑。他开车一丝不苟，仪表似的不差分毫。母亲却总要他走路，坐出租车。说他的腿不常用会退化，让他别忘了，有一次换轮胎，千斤顶滑脱，让他折了腿。"独自一人，又是晚上，"她说，"一个业余司机，待在车里是危险的。"父亲叹气、遵从——苦闷的脸涨得通红，为了保留那点自尊，他宁可坐电车，也不打出租车。每天晚上他都换回那身制服，几个月后，我才意识到，他每天晚上偷偷离开里维尔街的原因——我们有了两处房子！第二处房子在海军驻地，是给第三顺位指挥官提供的官邸。房子很大，带旗杆，三层楼，每层的门廊都有屏障遮挡——但这房子却代表了耻辱。不管它给我们带来多少虚荣和优越感，都被上司，也就是驻查尔斯顿的舰队司令德·斯塔尔上将，对父亲的颐指气使给毁了。我们买里维尔街91号时没有征求他的意见，他大发雷霆，叫嚷什么"在海军传统面前炫耀个人财富"，命令我父亲睡在提供给他的住所里，不能出基地的范围。

　　我们住进里维尔街的第一个圣诞夜，晚宴正在进行，电话铃响了，是德·斯塔尔上将，他要求父亲立刻返回基地。很快，父亲换好了军装。向母亲和祖父母告别的时候，跟往常处于压力下的反应一样，他显得有点闪烁其词、语气夸大。"女人从日出干到日落，"他说，"但海员却有值不完的守。"他把海军军官的时间和医生比较，暗示这是突然行动，淡化德·斯塔尔上将乖戾的傲慢："老头子想保密。"那天深夜，我躺在床上，想象父亲带领他的工程团队执行奇袭任务，航行在荒凉的北极。毫无希望！雪花大如路灯，唰唰唰地低语，打在我父亲身上——破碎、埋葬。我听到外面唱圣诞颂歌、拍打靴子上的雪、开门关门的声音。我脑子里在想刚才听到的有人引用《波士顿讯息晚报》的一句话是什么意思："在此圣诞之夜，整个灯塔山社区一如往常，俨然一场老派的开放式晚宴，主人希尔①和她的客人都会出现于社交名人录。"我想象灯塔山变成冰雪女王的宫殿，大如北极。我父亲用一只冰冷的手指压在嘴唇上"嘘——嘘"，率领着他的奇袭小队，绕着祭坛转圈。但祭坛是一台巨大的收银机，粗糙的镍壳上贴着廉价的铲子、金字塔、阿拉伯旋的图案。一个巨大而无助的抽屉砰砰地出来、进去，关不上，因为满抽屉是美钞，卡住了。父亲的工程兵用眼罩、橙色绶带、窗帘挂环，把我裹起来，像吉尔伯特和萨利文②的海盗合唱团……外面，在灯塔山的街上，夜正深，下着凄凉的雨。熟悉而光荣的救世军乐调，出现了令人不安的变化，大鼓和手风琴的声音混入醉鬼的嚎叫：灰不拉叽的老母马，她过去不是这样子啊，当玛丽去挤奶啊。水手的口哨声。妇女的笑声。有人不停地按我们的门铃。我听到母亲在讲电话："您那些烂醉的水手，在我们家门前台阶丢满了斯考雷广场买来的垃圾。"她故作惶恐的声音，掩不住沾沾自喜，听得出她实际上很享受和德·斯塔尔上将谈话时所用的戏剧性腔调。"先生，"她尖声道，"圣诞之夜，您把丈夫从我身边拽走，留下我孤独一人，没人保护！"她闯入我的卧室，拥抱我，喊道："哦，鲍比，家里有个男人真好。""我不是男人，"我说，"我是一个男孩。"

男孩——这个词在当时对我来说有一种私人含义：它意味着弱小，意味着被放逐，但却是一种必须抓住不放的状态。男孩子在布里莫处于边缘。上面八个年级只限女生。而且在那些年级，成绩的重要性被置于纪律之后，仿佛在对男性的两大崇拜表示轻

---

① 希尔（Hill）在原文中是"山"的意思，在此是双关兼拟人。
② 威廉·吉尔伯特（1836—1911）和亚瑟·萨利文（1842—1900）分别是剧作家和作曲家，两人合作创作了广受欢迎的轻歌剧。著名的有《彭赞斯的海盗》等。

蔑：职业和挣钱能力。学校的风气，或时髦，是女性气质和军队气质的混合，有一种笨重的现实性，依次被以下素质所规定：尖锐、敏捷、稳健。女生穿白衣黑裙，长筒袜，长方形的低跟鞋。一位前西点军校生，教队列操练；迄今为止都走古板路线的莫妮丝小姐，据说在校董面前信任大减，因为她在校篮球队连续两度冠军获得者面前，过于女孩气的狂乱表现暴露了她的低幼，完全不合她一贯的性格。下面四个年级则安静、懒散，几乎是另一种存在。莫妮丝小姐对待这些"附带的"班级有一种可笑的随意性，允许他们穿便装……随意性这个词也许不准确，事实上，莫妮丝小姐在管理低年级的方式上，暴露了她的双重人格：自相矛盾且自我陶醉。在这个事情上，她莫名其妙地蜕去了普鲁士精神的皮。她满口爱默生和门肯[1]，嘲笑英国人，威胁要和传统决裂，通过放映关于爱迪生和福特的电影，放胆与非军方的美国天才式人物调情。她允许她偏爱的低年级教师，把我们当作小白鼠，进行稍嫌激进的试验。在布里莫，我把写字的能力给学没了。我在第一个学校好不容易才学会的书法，被斥为潦草不清，他们根据道尔顿计划[2]，教我用印刷体写——后果是，直到今天，我仍在用印刷体写我的两个中间名[3]，手写体则只会写"罗伯特"和"洛威尔"。教学总是有令人困惑的跃进。秋天通常是威尼斯玻璃吹制工的表演，接下来是去河边出版社参观。我们听鲁迪·瓦雷[4]，然后是汉

---

[1] 爱默生（1803—1882），美国著名的思想家、文学家，倡导超验主义，思想解放。门肯（1880—1956），美国作家、评论家，崇尚尼采，提倡科学，思想激进。
[2] 道尔顿计划是20世纪早期的一种教育方法，提倡学生独立。
[3] 洛威尔的中间名是"Traill Spence"。
[4] 鲁迪·瓦雷（1901—1986）是美国歌手、电台主持人，本名是 Hubert Prior Vallée。

普顿学院合唱团①的灵歌。语法书由莫妮丝小姐的父亲编写,令人敬畏的大部头,但并非重写。我最头疼修辞手法和希腊术语:Chiásmus(错列配置法),把相应的词按相反顺序排列;Brachylogy(省略表述法),省去一个已经出现过的语词或其变体。然后,所有这些陈规旧律,被一本新教科书清零了,新教科书主张用游戏和图片革新语法教学。

低年级的体育课时有时无,有,也是心血来潮式的。在光鲜的训练室进行的高年级女生体操课,贯穿了友爱的气氛,而我们一概全无。学校屋顶有一块丑陋的水泥地,本来用途看似是要做屋顶停车场。我们在那里捉迷藏,用粉笔画线,选边,玩一种儿童足球。天气晴好的春天,纽威尔先生,一个疲于应付的波士顿大学毕业生,会带我们去植物园远足。他善于见微知小——在州议会旧址给我们读玛莎·华盛顿②的诗,从海关大楼高处指给我们看布里莫街小学的房顶,让我们数邦克山纪念碑有多少级台阶。一天下午,他打破所有常规,冒雨赶我们去南波士顿水族馆,讲了一通海鳗的污水处理的事情,讲得热情洋溢,却不大健康。最终,莫妮丝小姐对纽威尔先生的状态有所耳闻。有一两个下午,她顶替他,亲自带我们,飞快地经过帕克曼和达娜③的旧居,给我们布置作业——写伟大人物的精神是怎么帮助他们克服身体残疾、

---

① 汉普顿学院成立于美国内战时期,目的是为美国黑奴、印第安人提供教育,使之进入"文明世界"。学院合唱团成立于1871年,对保存和继承黑人音乐有一定历史贡献。
② 玛莎·华盛顿是美国首任总统乔治·华盛顿的妻子。
③ 帕克曼指的应该是弗朗西斯·帕克曼(1823—1893),美国著名的历史学家,旧居在波士顿的栗树街,距洛威尔家不远。达娜不知确指。

爬到阶梯之巅。她讲到伊丽莎白·巴雷特、海伦·凯勒[①];但她最偏爱的理论是"女弱男强"。"怎样才能让我们仰望你?我们的阿基米德在哪儿?我们的瓦格纳在哪儿?我们的希姆斯[②]上将在哪儿?"这些质问,简直可以原封不动地拿来骂我那苍白而软弱的父亲。莫妮丝小姐热爱"沃尔特·司各特爵士[③]的好狗叫得响"理论,希望"波士顿把勃朗特姐妹的肺结核小说给禁了",认为世界上没有比罗斯福总统的"压力深重的生活"更"令人惬意"的了。但莫妮丝小姐过分歇斯底里的博爱主义一点都不重要;布里莫完全是一个女人世界——愚蠢吧,确实,但一点都不堂吉诃德,布里莫被一个女人的明确目标和天真实用主义所统治。这个政权的光辉,几乎是对我母亲的延伸,在集会的时候,或我和几个男孩子坐在布里莫新修的莫妮丝体育馆看台上的时候,闪烁出最亮的光芒。高年级女孩高声合唱《阿美利加》;我们的亚马逊,前后踏步——她们的眉毛是木头色的,她们的裙子是黑白的,她们列队跟在旗手后面,旗手举着美国国旗、马萨诸塞州白旗、布里莫绿旗。和李小姐或温瑟小姐的学生打篮球的时候,我们高年级的冠军队员冲上场地,那猫科动物的敏捷步伐,和狮子差不多。这是发生在我们身边的日常奇观,作为对比,去父亲同事指挥的巡洋舰上参观就显得平淡无奇了——海军似乎出没于幽灵世界,和我的生活相距太远,跟道格拉斯·费尔班克斯[④]或彼得·潘的精灵杂

---

① 伊丽莎白·巴雷特即英国诗人布朗宁夫人(1806—1861),海伦·凯勒(1880—1968),美国作家,残疾人权利活动家,小时候因病丧失了听力和视力。
② 希姆斯(1858—1936),美国海军上将,一战时期的美国海军统帅。
③ 沃尔特·司各特(1771—1832),苏格兰历史小说家。他说简·奥斯汀的小说风格是悄声细语,而自己的是汪汪大叫。
④ 道格拉斯·费尔班克斯是演佐罗的演员。

技差不多。我希望我是一个高年级女孩。我给圣诞老人写信，要一根曲棍球棒做礼物。在布里莫做一个男孩子意味着弱小，被排斥。

父母保证，将来会好的。周日下午，他们带我去郊区考察男校：里维斯、戴克斯特、康垂日校。这些远征，其实是让我和父亲有更多相处的设计；母亲在后座吵吵嚷嚷，做出一副是我不让她搅和我们"男人之间的事情"的样子，令我目瞪口呆。父亲很少坚持见校长本人，虽然他本应坚持，但他交了很多朋友，数量之多，让人吃惊。他的信任，得到信任的回报。他的缄默有一种亲和力，让校长助理，甚至清洁工们，纷纷透露各种小道消息给他，以贬低别的学校。但是每到一个新学校，这些小道消息就露了马脚。更糟的是，母亲总要核实父亲的话，但她发问的目的是发号施令，而不是搞清状况。一个海军军人到处和稀泥，甚至不惜断送自己儿子的利益，她对此表示吃惊。母亲指责这些迎合中产阶级的郊区学校，是胡乱划片的结果。每当父亲考察完毕，她都会跟进考察，当面告诉戴克斯特先生和里维斯先生，她要找的是一个"过得去的权宜之计"，因为她儿子从布里莫街小学毕业，到入学圣马可中学①有三年的空档期。圣马可中学是那所我甫一出生就注册了的学校，预计 1930 年入学。我不相信变化，因为从幼儿园开始，每换一个学校，都比前一个限制更多，惩罚更重。我觉得郊区那些日校，在表面薄薄的一层伪装下，其实就是少管所。身具家中独子特有的自私、轻微的妄想症的我，想象从布里莫街小学毕业的男孩子会变成什么样子，从而担心最坏的结果——我们在黑暗的恐慌中，仿佛一群雅典少年，注定要被送去喂牛头怪。

---

① 圣马可中学位于波士顿，成立于 1865 年，美国顶级的私立寄宿高中之一，奥登曾短暂在此任教，称之为美国的伊顿公学。

从我父亲身上观察，除了越来越大的挑战，越来越重的责任，男人从 6 岁到 60 岁什么都没有，完全失去了爆发的自由。对遥远未来的一线希望，来自白发的外祖父温斯洛，他的指令和要求不可违抗，总能让大家烦恼，而且是为了大家好——他就是我的终极目标：坏孩子、问题儿童、统率一家子的舰队司令。

进布里莫街小学时我 8 岁半，学得心不在焉，不管教什么，我都接受，一旦没人注意便开小差。课间的时候，我召集一帮男孩子组成捣蛋团伙，让三年级的老师担惊受怕。我见到女孩子就害羞。我头脑愚笨，心态自恋，爱欺负人，具有那个年龄段的男孩子普遍的毛病。每当有女孩走近，我全身都会紧缩，像一块被拳头捏紧、挤干水分的海绵。和大多数孩子相比，我书呆子气更少，而不是更多，但我梦中的女孩子一直是这样的：辐条般分明的黑金两色睫毛，齐肩两倍长的金发，发梢内卷，系小围裙，脸部表情勇敢而真率，语调活泼，嗓音稍微发颤，还有……纸一般瘦的身材——原型来自约翰·泰尼尔为《爱丽丝漫游奇境记》所作的插画。我理想中令人振奋、沉着冷静的爱丽丝形象，很快被一个更丰满的形象取代了。一天下午，母亲照例头疼的时候，父亲带我去看电影。本来要去看适合儿童看的片子——《勃·杰思特》，一部"血腥"的电影，清一色男角。但父亲想来个怀旧之旅，便去了他休假期间去过的"壮美剧院"，他在那里第一次看的就是波拉·尼格莉①，那天我们看的也是波拉·尼格莉，一头乱发，漫不经心，昏昏欲睡，心怀创伤的普通人……爱丽丝的反面。

我们的班花是诺顿家的双胞胎，伊莉和林迪，她们远远不及

---

① 波拉·尼格莉（1897—1987），波兰裔知名女电影演员，20 世纪 20 年代无声电影时代的明星。

北欧的爱丽丝和异国情调的波拉。她们的美稍显浅薄，长着雀斑，动不动就害羞，如果她们是一个人，而不是两个，如果她们的幽默感差一点，没那么好玩，不那么可靠的话，根本就不起眼。对我们来说，比性、体育和学习更重要的是爆红程度；在布里莫，每个孩子的大脑里都有一张没登出来的红人排行榜。每个人都有排名，每个人的位置都在不断变动，像体内的血液，或一根颤动的指南针，恨不得一天修正一千次。9岁的孩子还在"疫苗培育"阶段，很难被人那么讨厌，但是，坐在伊莉的旁边，瞥眼看她，对着她深受欢迎的光环，我只能慢慢地咽一口唾沫。虽然一开始我们的关系并不近，但座位相邻，我们渐渐成了关系近一点的朋友。伊莉作为孩子，有一种天赋，天赋中的天赋，我认为，就是谈起一个同学的时候，完全忘掉了他在红人榜的位置。没有哪个白痴有她——我们随和、聪明、叽叽喳喳的年级女神——那样的一视同仁。她注意到我在足球场上歪着脑袋，闭着眼睛，像一头公牛，冲向对方的防守线——便叫我野公牛，只是单纯取乐，并无伤人之意。大集合的时候，她带着羡慕满足的表情，咯咯地笑话那些穿着黑白囚服似的高年级女生，叹道"好斗的家伙！吃牛肉的家伙！亲爱的姑娘们"——像极了她升级版的妈妈——"等到从布里莫毕业，我们都要变成高年级女统治者的炮灰了"。我觉得除了身材矮小、爱开玩笑的外祖母温斯洛，伊莉·诺顿比任何人都更懂我。

  一天早晨，灾难发生了。坐在我身后的男孩子，不是我的朋友，不停地捅我的胳膊肘，持续了有一分多钟，我这才抬头，看到伊莉的椅子下，有一大摊金褐色的水迹，朝着我的方向泅过来。我不敢说话，不敢笑，连眉毛都不敢冲着她的方向耸。她大哭着从教室跑了出去。为了吸引眼球，却不做任何承诺，我做出不情愿的样子，得意地傻笑，眼睛斜视空处。我感到一种疯狂，觉得自己比伊莉·诺顿优越，竭力咽下一种被煽动起来的空洞感——我这是在背弃她吗？老师抛下我们，随我们哄闹，沿走廊追了过去。全班在一阵迟疑的嘘声中，转入窃窃私语。女孩子脸颊飞红。男孩子傻笑。校长莫妮丝小姐出现了。她穿白褐色的裙子，上面布着深褐的圆点，像一头蛾子，站在教室中间，浑身沐浴在光线里，让我们发冷。我们冲到自己的座位上。莫妮丝小姐说了一番"生病没什么好笑"之类的话，戛然而止，脸上现出厌烦恶心的表情。她盯着我……我心中有愧，激动下忙里出错，坐在最近的那把椅子上，正好是刚才伊莉·诺顿坐过的。"洛威尔，"莫妮丝小姐尖叫，"你是榆木疙瘩，要在那儿泡一早上吗？"

伊莉·诺顿回来的时候，她对我的友好没有一毫中断，但我在面对她、回应她那并无心机的叽叽喳喳的时候，却似有什么崩塌了，态度怎么都不自然。我无时无刻不在想她。我很少直视她的眼睛，但是在她旁边，我就觉得满足，浑身是劲儿。我热切希望留在布里莫继续上学，在最后那年五月末的一个下午，我对母亲撒了一个谎。"莫妮丝小姐请求我留在布里莫，"我说，"继续上五年级。"母亲指出，五年级从来没有男孩子。被揭穿的我失去了冷静。"如果莫妮丝小姐请求我留下，"我说，"为什么不可以留下？"我提高声调，双手拍打地板。我母亲觉得既无聊又困惑，一阵头痛，上楼去了。"如果你不相信我，"我在她身后大叫，"那为什么不打电话给莫妮丝小姐，或诺顿先生问问？"

三四月份，天气晴朗的下午，布里莫街小学开放，老师带领我们，坐在公众花园里，在那些优雅的、景观美化过的小路上散步。我沿着铁栏杆徜徉，满怀渴望，注视查尔斯街对面历史悠久的波士顿公园,如今下等人出没的地方。公园里,联邦士兵的青铜浮雕爬满苔藓,一辆俘获的德国坦克,塞满气味熏人的报纸。到处是沙砾、垃圾、爱尔兰人、黑人或拉丁裔团伙。星期天下午,演说家慷慨激昂地讲萨科和凡赛蒂①,听众站在那里相互争论,堵死了小路。警惕的年轻警员,坐在长椅上,防止失控。晚上,骑马的警官巡视公园。但在公众花园,只有莱弗警官,一个头发花白、蓄胡子的单身贵族,曾经是联邦俱乐部的看门人,如今看起来更像俱乐部成员了。"莱弗是城里的名人,"我外祖父温斯洛说,"给他穿上哈里斯毛呢,端一杯苏格兰威士忌,我都可以带他去拜访赫伯特表兄了。"莱弗警官没有什么思想,也没有干出什么成绩,但后湾以及灯塔山社区的父母们,都喜欢他的存在。没有人要求这个中空的榆木狮王,留一只眼窥探他们的孩子。

碟形木兰开花的一天,我把斗牛犬比尼堵在乔治·华盛顿雕像的基座下,在那里可以把联邦大街尽收眼底,我先打破它的鼻子,然后打破了蠢牛丹·帕克的鼻子,再然后,我站在一块日冕状的郁金香花床的中央,冲着一帮三年级学生的包围圈,投湿乎乎的化肥。莱弗警官接到电话。莱弗警官又给我母亲打电话。在我母亲和三十几个保姆及小孩的见证下,我被逐出公众花园。我是个少见的坏孩子,他们说:"甚至莱弗警官都必须介入了。"

新英格兰的冬天是漫长的。周日的早上是漫长的。我们的周日早上,格外乏味,尤其是有客人来吃晚饭,得打早准备的时候。母亲9点开始通风。冷到皮肤刺痛,才把客厅的窗关上。这时,鸡

---

① 萨科和凡赛蒂是两个意大利移民,无政府主义者,被判死刑,引发世界各地的抗议。

肉泛酸的气息,沿重修的升降机轴,从厨房传上来。窗户又开了。我们坐在冰川般纯洁和牺牲的气氛中。呼出的都是白气。父亲和我穿无袖毛线衫,那是母亲从菲林百货的地下买到的。父亲的椅子扶手上,放着一本自助参考书,里面有插图,教人如何以正确的方式切烤肉。手边还有大比尔·提尔顿的网球书;卡巴布兰卡的象棋书;希尼·棱茨的桥牌专栏剪报,那是一本大部头,内有照片;还有美国民族主义者丑化托马斯·立顿爵士①的讽刺画,画中是他在奖杯争夺战中犯错的动作。父亲在这些消遣活动中,进展甚小,虽然其中一本书的作者保证,读者只须懂英文,就能掌握了。整个冬天,客厅唯一的小窗,都闪着灰白的光。在狂风肆虐的砖砌后街上,一架防火梯斜靠着我们家被熏黑的木栅栏。父亲相信,对海军军人来说,去教堂是没有尊严的行为;他要把周日早晨花在有益的活动上,比如给那三个新垃圾桶刷上字母:R. T. S. LOWELL——U. S. N.②。

周日参加晚宴的客人,经常会有海军军官。海军军官不是母亲的菜。那些日子里,很少有人被她引为同类,这正是她的困扰———种真正的、人类的困扰,正是这种合乎情理的困扰,把她的生活搅得一团糟。她没有那种对宽广的人类经验的自我肯定,她需要被爱、被尊敬、被自己所接受的熟悉之物包围。她的傲慢和冷酷,起因于恐惧。她一开始会以"贵妇人"的派头说话,语

---

① 托马斯·立顿爵士(1848—1931),苏格兰人,立顿茶的创始人,爱好帆船运动,为了推广他的茶叶品牌,参加美洲杯帆船竞赛,屡败屡战,获得了一个"最佳失败者"的特制奖杯。
② 洛威尔和父亲的名字一模一样,父亲是 Robert Traill Spence III (R. T. S 洛威尔三世),洛威尔是 Robert Traill Spence IV (R. T. S 洛威尔四世),但这里的简写 R. T. S. Lowell 应该指的是洛威尔的父亲,U. S. N. 是美国海军(United States Navy)的简写。

毕便退缩一步，身体僵硬，摇摇欲倒，好像害怕被自己巨大的、吓人的攻势压倒似的。

父亲在安纳波利斯的老舍友，外号"比尔格[①]战舰"的中校指挥官比利·哈克尼斯，是里维尔街的常客，他总能让母亲憋屈、郁闷。比利是一颗没经打磨的粗钻。他吹嘘自己家是纯正的美国人，经常借此开涮，他坚持称自己的名字，哈克尼斯，应该读作赫克尼斯[②]。他来自肯塔基州的路易斯维尔，喝威士忌是为了"更新他的波旁王朝的血"，说话口音——他同事都这么说——好像"吃糠的种马"。哈克尼斯中校跟我父亲一样，都是14岁进的海军学院；他身上的南方主义都被磨灭了。人们逗他，说他不懂赛马、登山、民谣，也不懂火腿、酸麦芽酒浆、烟叶……和肯塔基上校[③]。虽说他很难算得上老弗吉尼亚风范的军官或绅士，但他的性格确实少见，包含了相互冲突的德行：他在班里科学一门最突出，但上级认为他是个"数学疯子"，仅只是习惯于发号施令而已。他和父亲是班上年龄最小的，多次同舰服役。比尔格的统率力，和父亲坚韧的服从性，配合无间。他在派对上喝酒，跟鱼有的一比，但执行任务时却滴酒不沾。难怪哈克尼斯中校，成了大家公认的1907级最有可能当四星上将的人。

比利称呼他老婆为吉米，或吉姆丝，调侃她时粗鲁而不失温情："哦，她亮得啊，像一个美分。"哈克尼斯夫人是个不招人喜欢的极品：我们认识的海军军官夫人中唯一的大学毕业生。她有

[①] 比尔格（Bilge）有废话的意思。
[②] 原文把哈克尼斯（Harkness）中的三个字母ark（方舟）斜写，赫克尼斯（Herkness）中的三个字母erk（笨人）斜写，这是哈克尼斯拿自己的名字开涮。
[③] 肯塔基上校可能指的是1920年上映的电影《一个肯塔基上校》中的主人公，故事发生于美国内战期间，是一部三角恋喜剧片。

生活研究

一副叛逆少女的身材,爱用粗俗、谄媚的叽叽喳喳来掩饰紧张,把聪明深藏于内。"夏洛特,"她几乎是尖叫着对我母亲说,"这是海市蜃楼吗?你的卧室简直是海市蜃楼!"

母亲笑着回答,语气疏远,但音调透出温暖、愉快:"我通常会收拾得让自己舒适一点。"

母亲的舒适,是那种心血来潮式的雅致和浪漫。银器闪闪发光,且必须完美无瑕,不能被海军家属的家居功能所玷污。她烘托美好、制造奢侈气氛的决心,坚定不移,但她的美好不能无人欣赏,她的奢侈不能无人享受。耽于唯美,则意味着艺术上的愚蠢,这在她姑妈萨拉·斯塔克·温斯洛身上,得到了滑稽性的体现。她美得高贵无伦,一辈子未婚,是个钢琴女神,但弦绷得太紧了,以至于一场公众音乐会都未办过。一方面,若把美拎出来的话,要求把自己的投入,交给亲戚们管理,这意味着感伤的耻辱。另一方面,若把奢侈单拎出来,对母亲来说,则意味着,在新建的斯塔特勒旅馆的门厅看到匠气的镀金外饰。她厌恶布克哈特[①]教授的包豪斯[②]现代主义的"营养不良",但在愤怒时,则会谴责我们迈尔斯家族偏爱红木的浮华风,"和那些住贝尔维酒店的政客很搭"。她保持一个不偏不倚的位置,敬佩意大利陶器,它们有着农民的色彩,清教徒的干净利落的拘谨线条。她喜欢说"法国人确实有品位",言下之意却是,法国人道德标准不高,撑不起他们的文雅,所以谈不上比那些海军蛮人更好。母亲的漂亮房子,被外表丰富的实用性,赋予了尊严。

---

① 布克哈特(1818—1897),艺术史学的创始人,第一个使用"现代性"概念的历史学家。
② 包豪斯是一种建筑艺术流派,起源于1919年德国魏玛,提倡艺术上的极简主义,少就是好。

"我总相信刀工是最绅士的本领。"母亲常常如此宣称。于是父亲便埋头去看讲刀工指南之类的书,或者《不列颠百科全书》关于厨房刀工的部分。最后,他在波士顿数不清的刀工专科"学院"里找到一家。从此,他每天下午,都坐在烤肉前,沉默不语,一副博学的样子。他眨巴眼睛,脸色发白,似乎喘不过气的样子,不时从眉毛间,擦去一串串汗珠。他的目标是一刀一刀,重复上次课程学到的步骤,在遥控指挥下,练习做到形式的一丝不苟,修正某个可疑试验中所犯的特定错误。他喜欢说俏皮话,嘲笑刀工师傅:"一个哲学家,却装出马汉①的威风!"他喜欢用刀工师傅的口吻说,"每一刀都是独一无二的",因此"每一刀都对执行人提出了原初的问题"。客人们听到父亲说"我只是这架断头台的一年级新生。尝一块我的烤肉杂烩吧"时,都做出陶醉的样子。

激怒父亲的是哈克尼斯夫人的声音。在研究了父亲的切削功夫之后,她激动不已,语气开始变得冷酷起来。可以肯定的是,她会说一些不得体的话,比如,比利中校是"一个能把华盛顿将军从一美元钞票上给切下来的、小气的艺术家"。

然后什么也阻止不了比利中校,天生的刀工师傅,唱起小调:

生活全凭一把刀,
　　有份工资就还好;
虽然赚得有点少,
　　谁都不如也得搞……

---

① 马汉(1840—1914),美国著名的战略家,提出海权论。曾任洛威尔父亲就读的位于安纳波利斯的美国海军学院的院长。

> 我的刀刃比纸薄，
> 　　切猪片肉能吹毛，
> 内脏骨头连肉皮，
> 　　叮叮当当是银锡。

而我，不知道为什么怒气冲冲，脱口道："妈妈，温斯洛外公掏了多少钱给爸爸上刀工学校？"

和哈克尼斯夫妇一起的周日聚餐，最后总是避免不了乱吵吵的，感情受到伤害。父亲活跃得不太自然，他拉我上前，嚷道"比尔格，我想让你认识一下，我的婚姻关系颁发的第一张购物券。"

比利中校答道："这就是你给未来战争培养的测距仪！"他们让我敬礼、立正、稍息。"天使之脸，"比利说我，"你将来要指挥一艘驱逐舰[①]。"

"吉米"当然知道父亲和利华兄弟香皂公司谈判的事，以及他准备退役的焦虑，但什么也阻止不了她一再举杯，口称"母鸭给公鸭敬酒。吉米跟跟跄跄地拉着母亲，喊道："为鲍比和比尔吉下次同舰干杯！"

父亲和比利中校最喜欢聊的是他们1907级。晚餐后，女士们去了楼上的起居室。作为特许，允许我留下，和男人们上桌同坐。他们反反复复聊他们的舰队在世界各地的航行，如何不听指挥，如何在中国内战期间，在扬子江上游进行炮舰外交，如何在关塔那摩保持清醒、保持卫生，如何在微不足道的尼亚加拉革命期间，巡逻帕帕约湾，那时候清洗用水要一美元一桶，全是"洗衣剂混

[①] 作者这里用的是史密斯级驱逐舰的外号。

合蚊子唾沫"。他们聊那些死了的同学：战舰从汉普顿锚地①下水时淹死的豪尔登和霍尔库姆，被菲律宾摩洛人杀死的"伯爵"包蒂驰。他最有名的话，是对哈克尼斯中校说的遗言："我没事。干你的活儿去，比尔格。"

他们聊 1918 年可怕的瘟疫，死于瘟疫的同学，比所有冲突甚至世界大战死的还多。外号"刨花"的卡班特②，他的驱逐舰范宁，是唯一一艘逼迫德国潜艇上浮的英美战舰。第一次飞越大西洋的荣誉之羽，应该插在他们同学贝林格和瑞德，以及另一个家伙的帽子上。他们相信团队精神，林德伯格落地巴黎的单人飞越，在他们看来，是不专业的把戏，纯粹为了上报纸。捅了父亲和比利中校马蜂窝的糟心事，要数"称职的民主党人"，把海军搞得一团糟。难道国务卿布莱恩③，没有命令他们那艘老旧的爱达荷舰，去瑞士做友好访问吗？"布莱恩，布莱恩，布莱恩，"比利中校嗡嗡地说，"这个伪善的小人被告知，说日内瓦湖吞并了亚得里亚海。"约瑟夫斯·丹尼尔斯④，另一个"长假腿的家伙，成了神圣天命的海军部长"，拒绝派遣父亲和比利到战区。"你看到的是，"比利高谈阔论道，"死于烦琐的官僚程序的烈士。我们的名字是用朱笔写的。"他们为之脱帽致敬的人，是西奥多·罗斯福⑤。比利

---

① 指的是美国弗吉尼亚州的军港，美国海军诺福克基地位于此地。
② 卡班特（1884—1960），官至美国海军上将，是美国海军学院 1908 届毕业生，比洛威尔父亲早几级。外号是"刨花"，可能是因为他的姓 Carpender 和 carpenter（木匠）谐音。
③ 布莱恩（1860—1925），代表民主党三次竞选总统，均未遂，曾任国务卿。
④ 约瑟夫斯·丹尼尔斯（1862—1948），美国著名的报人，民主党人，一战期间任海军部长。
⑤ 西奥多·罗斯福（1858—1919），美国第 26 任总统，共和党人，昵称泰迪。任内开始修建巴拿马运河。

作为一个少尉,曾经有幸"护送令人敬畏的泰迪到巴拿马"。也许是因为外号"比尔格"的邪恶含义,哈克尼斯中校总是用最赤裸裸的玩笑,攻击那些军官,他们的"服务是海军不需要的"。每当陷入更伊壁鸠鲁的情绪中时,比尔格就会宣称,他"想要做的,是从那些骄傲善良,但被教坏了的西点军校生那里,赢到足够的钱,他们太好骗了,把最后一件衬衫都押在了军队的足球队上"。

"来,鲍比,让我们看看你的体格和吃水线。"比利说。他夸奖父亲的饰带,看到父亲的秃顶,会露出熟悉的微笑。"鲍比,"他说,"你保持了你的排水量和侧影不变,只是顶部有磨损的设备。"

喝了酒的比利中校最难缠。他占据父亲最神圣的"犀牛皮"躺椅,两腿叉开,把久经考验而不变形的架子,压得吱吱乱响。他吼着冗长的祝酒词,用他的据说是"喝醉的伦敦爱尔兰口音",让母亲坐立不安。他就着我们的威士忌搅拌器喝酒。"干杯,为了洛威尔王国的主——主——主人,"他吼道,"嘿,嘿,为马提诺先——先——生欢呼,我——我们的老舰友,帮——帮——手,光荣的 07 级——永——永——远航——航——行无碍,从来不说蠢话。""为了国家的头——头——脑——脑——干完这杯,干——干——杯,为了药①——药园。"比利从来都不会错过这句祝酒词。他这么招摇,是在暗讽赫伯特·胡佛总统,后者坐在布鲁塞尔战后经济复兴法案的晚宴上,发表了臭名昭著的演讲:我们绝不"进口比胃酸缓释片更强烈的东西"。这话虽然正确无误,却太孤立主义。比利中校愤怒了,他球茎般的额头,渗出闪光的

---

① 药,原文 herb,是比利醉酒后大舌头,对赫伯特·胡佛总统的名字 herbert 的错读。

汗珠。一想到赫伯特·胡佛和他的禁酒令，他便压抑不住："乡巴佬！自从令人敬畏的泰迪之后，我们就没有一个像样的绅士领导了。"他背诵反禁酒打油诗，比如夹在父亲的年级纪念册里的这首：

我迈步走在桥上，小心谨慎，
骄傲的脸，写满了忧愁——
那个原罪般压倒我的问题是，
茫茫大海，哪里去买干杜松子酒？

比尔格中校端着酒杯，有点胜利者的得意洋洋。他看起来仿佛一堆人肉烟灰。雪茄烟灰没过烟灰缸上的刺猬纹章，溢出来，弄脏了桌布上绣的金色鹳鸟，粘在他蓝黑色的制服上。母亲热切的眼睛一亮，眼皮耷拉下来，又是一亮。她用忧郁的语调说："爸爸用培养海军军官的方式把我带大，讲究整洁到了残酷的地步。"

有一次，比利中校粗鲁地爬到扶手椅上，不顾椅子要散架的样子。"你看，夏洛特，"他对母亲说，"在我更年期的高潮，我把鲍比的椅子压坏了。"

哈克尼斯开始发表诋毁艾米·洛威尔[①]的长篇大论，沉闷而乏味，他似乎相信，为了享受一只饭后的雪茄，必须这样。"抽一根小号雪茄吧，夏洛特，"他用臭烘烘的长雪茄指着母亲，洋洋自得地说，"咬着这只方头黑茄，喷云吐雾，你就会满身烟味，可以媲美西班牙佬共和国的致命女郎啦，在那儿，谁都不知道鲍比浴缸

---

① 艾米·洛威尔（1874—1925），美国意象派诗人，本书作者洛威尔的远亲，她的曾祖父和洛威尔的高祖父是异父兄弟。

里酿的劣质酒,喝下就会瞎眼。当你腾云驾雾,夏洛特,别忘了缅因舰①。别忘了狂笑的艾米·洛威尔,又蠢又笨的雪茄咀嚼者,不讲韵律的百万美元女继承人,移动堡垒上的重量级吉祥物。见鬼吧模式②!乘着一只雪茄全速前进!"

在我家,艾米·洛威尔从来不是一个受欢迎的话题。当然,没有人对洛威尔小姐言辞不恭。她是那么的勇敢,正如亨利·詹姆斯③也许说过的:"令人生畏的硕大身形,毫不吝于展示美。"然而,虽然很明显,她自身无可挑剔,但却像梅·韦斯特④一样,很容易触发别人的反感。有一个关于她的八卦,我当时还太小,不太明白:说艾米得了头痛症,因为她住在纽约一家旅馆,隔壁度蜜月的夫妻让她睡不着觉。艾米的亲戚本来会把她看作一个名流,也许有点出格,但完全在接受范围内,正如艾米小女孩时的偶像杜丝⑤。最低程度,她也应该被看作一个短命的大作家,她一生的悲剧性,毫无疑问,可以和她生前最后一个偶像约翰·济慈⑥相比较。我父母很虔诚地相信,洛威尔小姐是因为写《济慈的生活》而死的,那本书比她的诗男子气多了,好懂多了。她的诗!但是,诗难道就是艾米那些高声大嚷、颐指气使、一点都不淑女的风格吗——哦,她的自由诗!对懂行的人来说,她的风格毫无疑问,是无可指责的,但确实肆无忌惮,这更让我父母中意罗伯特·弗

---

① 1898年,停泊在哈瓦那湾的美国缅因号战舰爆炸沉没,致260多人死亡,虽然起因不明,但美国据此挑起对西班牙的战争。
② 模式(the patterns),具体所指待考,可能在暗指洛威尔母亲所盼望的规律生活。
③ 亨利·詹姆斯(1843—1916),美国小说家。
④ 梅·韦斯特(1893—1980),美国电影女演员。
⑤ 杜丝(1858—1924),意大利舞台剧女演员。
⑥ 艾米·洛威尔死前还在写她的两卷本《济慈》。

罗斯特①的说法了:"自由体诗就像打网球没有网。"

每当有人提起艾米·洛威尔的名字,母亲就有被冒犯的感觉。她也不管人家是赞扬,还是批评她的亲戚,就说:"艾米坚持信仰是很勇敢的。她干起活儿来好像一匹马。"作为结束语,母亲说:"确实,艾米喜欢把所有的事都搞复杂。我认为,她的兄弟,哈佛大学校长,也许对他人更有益处。"

父亲一般不注意客人们的谈话。他咂着嘴,射出恍惚、感性的目光,好像是在期待退役后的平民生活——那种停靠夏威夷后永久的登岸假。这时,哈克尼斯夫妇就来撩拨他了。他会流露一点为什么退役的想法,运气含混,却似有深意地说:"有些家伙,不比你我聪明,缴的所得税却比一个上校的年薪都多。"

不幸的是,哈克尼斯中校倾向于从中得出驴唇不对马嘴的结论。完全无视"商业的罗曼司",他开始长篇大论地攻击资本。"是的,老鲍比,"他唾沫横飞,"每当我想到搞保险的,做经纪的土匪,赚天量的钱,我的心就碎了。财富,财富,过度的财富②,鲍比和我哪里去抢那么多脏钱,哪怕一半也行啊,就像耶鲁的哈克尼斯给哈佛的洛威尔钱,建乔治风格的房子,给波士顿那些英国口音的同性恋住!"他咕咕哝哝地抱怨退休的海军军官:"被迫工资减半,过着苦力的生活。万岁,公鹿党③!"他咆哮道:"万岁

---

① 罗伯特·弗罗斯特(1874—1963),美国家喻户晓的大诗人。
② 哈克尼斯在此玩了一个谐音游戏:财富(riches),达到(reaches),过头(overreaches),从谐音的角度,可以大略翻译成:财富,财富,过度的财富。
③ 公鹿党,1912年由西奥多·罗斯福成立的进步党,其中一个主张是"新民族主义",这可能是吸引哈克尼斯这些军人的地方。

库尔利①老板!万岁布尔什维克!"

比利中校一讲他 1918 年的外交使命,谁都挡不住,那时"他的眼睛看到了土生土长的布尔什维克"。他在库恩·贝拉②短暂掌权的时候,去了布达佩斯。贝拉把匈牙利佬的有钱人和教育家,赶到了美国慈善的怀抱里!

母亲怀着希望说:"妈妈总是说,老匈牙利人确实有品位。比利,你提布达佩斯,勾起了我对欧洲的渴望。我渴望得到鲍勃和鲍比的允许,明年夏天去埃特雷塔③。"

比利中校的专长是"十字勋章"这类诗:

我给那个伙计敬酒,他去了对岸,
 在伦敦小居了有那么一年,
这伙计回到老婆和情人的身边,
 良心还是保持了干净、不染,
夜里他在皮卡迪利大街徘徊,
 冷眼盯着那些荡女花枝招展,
人家跟他搭讪,他就说:"废话比利
 还是妈妈亲爱的天使宝贝——"
如今考评十字熏蝉④的,正是这位伙计!

---

① 库尔利(1874—1958),四度出任波士顿市市长,给富人加税,在蓝领阶层颇受欢迎。
② 库恩·贝拉(1886—1939),匈牙利革命家,1919 年成为匈牙利苏维埃共和国外交人民委员和军事领导成员。
③ 埃特雷塔,法国诺曼底海滨小镇。
④ 比利故意把"十字勋章"(原文为法语 Croix de Guerre)读作 croy dee geer(十字熏蝉),只取其谐音,本身并无意义。

母亲却只微微一笑。"比利,"她说,"我的表兄莱雅德·阿琴森上将说起你的谐趣诗,眼睛都会放光。"

"'汤米'阿琴森!"比利中校哼哼着。"我了解汤米,比了解我妈还多。我私下里正写一本书,留在档案里,他是第一章,书名就是《我认识的狂人上将》。""如今,我的身体的存在,也许不能为萨默赛特俱乐部①的密室增辉了,因为我怕汤米上将,会在他的书《谁赢了日德兰之战?》里,用五个章节来攻击我。"

听完比利中校热情洋溢的牢骚之后,坐在阿琴森家的凉棚里是一种享受。莱雅德表兄不完全是一名上将:世界大战期间,他被晋升为上将,很快便降回他本来的上校军衔了。1926年,他快退休了,依旧是上校。他指挥的是一艘辉煌、怪异的巨舰,很少从它的查尔斯顿泊位出发,航行到听不见欢呼的距离。他自己也是一个辉煌、怪异的家伙。看起来安静,一头银鬓,一副西班牙人长相。莱雅德表兄喜欢着装正式的酒会,洋洋自得,像一只公鸡,他的舱室里满满当当的,挤着穿制服的菲律宾人,古巴战利品,一排排实验性火器(比如转轮手枪,一把电池驱动的机枪)。他嘴里蹦着西班牙语,讲自己跟随施莱上将亲历的冒险,让人联想到一个刚上舰的新手或外交官,指挥菲力二世时期无敌舰队中的一艘大帆船。他用老婆的钱买了一艘游艇,柚木甲板,新款柴油发动机。虽然他的战舰老是待在泊位不动,但他自己却老是乘着游艇,在港口里乱窜。"哦,玩水的莱雅德·阿琴森都有自己的快艇了!"这就是我父亲对他的亲戚最好的评语了。良于行动的比利中校,却表现出更多的同情心:"汤米大约有一百马车力。"这样一个恐龙,对07级安纳波利斯毕业生来说啥都不是。比利最终

---

① 萨默赛特俱乐部成立于1826年,地点就在洛威尔家附近。

的判词是,莱雅德表兄懂的三角几何,比学校里的小姑娘还少,上头搞错了才提拔的他,也许只是让他装点门面,他却老想着"把四角帆挂上航空母舰,迎风破浪,挽救我们洋基佬堕落的航海艺术"。母亲失去了对阿琴森上校的夸夸其谈的兴趣——因为他"对女人有脸盲症"。

莱雅德表兄的妻子,一个施耐克塔迪市豪斯家的女人,和我尚在世的曾祖母迈尔斯是远亲,她比丈夫小 20 岁。这让她成了一个折磨人的伴侣;因为年轻而有活力,她要求与之相应的尊敬。有一次,在马塔普瓦塞特①网球巡回赛上,她和对手,一个和她一般年纪,但是嫁了一个年轻丈夫的选手说:"我相信我可以称你为露丝,你叫我阿琴森夫人吧。"她是一个光芒四射的基督教科学派信徒,走路风风火火,穿着哔叽套装,衬衫上布满蕾丝泡沫。她的钱包里塞满了科学祷文,一点不带讽刺地吹嘘自己,在亨廷顿大街基督教科学派母亲堂里,是"波士顿最伟大的大风琴手"。当姑娘的时候,环布她四周的正是我们家现在摆放的迈尔斯家具。她一来,我们就头痛。她对我母亲的品位呸呸呸地表示轻蔑,嘲笑我们不了解迈尔斯家族史,把我们看作迈尔斯家具的看管人,对表亲卡西和每件家具的故事,有着乳齿象的史前记忆,对我们的改动表示不满。她对我母亲抱怨神经痛所导致的抑郁漠不关心,认为我的哮喘病不是病,只是"成长过程中的痛苦",向我们安利信仰疗法。她说话一本正经,语调轻快而含混。与很多基督教科学派信徒一样,她对自己身体有无止境的兴趣,有一种冷酷的、欣快症式的味道。有一次,她从一开始帮忙烤牛肉,到后来准备咖啡杯,一刻不停地高谈阔论,魔法一般把我们都定住了,讲的

---

① 马塔普瓦塞特,马萨诸塞州的海滨小镇,在波士顿南大约 100 公里。

是她的治疗师如何出乎意料，把她"大肠"里的囊肿给蒸发了。

我能在脑子里听到，父亲向莱雅德表兄或比利中校解释，他为什么要从海军辞职。他用一种不自然，但决不罢休的诙谐语调说："比利老兄，真是岂有此理，这个马萨诸塞州搞的邮寄选举，不承认我的服役记录。从毕业到现在，我都没有办成居住权。我想把我的蓝制服挂起来，放些樟脑丸，做一个老百姓，哪怕仅仅只是证明，我还属于这个国家。利华兄弟公司牛津分部的管理层……我猜，对老百姓而言，比利，确实有两下，因为他们想让我加入他们的团队。"

有时候，父亲、莱雅德表兄、比利中校和我，晚饭后在餐桌边围坐，进行男人之间的谈话。父亲说："我怕上岸之后，自己也变得沉闷无趣。网球单打我太老，打高尔夫是个确认无疑的老年标志，我又太年轻。"

莱雅德表兄和比利中校默默抽着雪茄。父亲再次开口，带着遗憾的口气："我不认为一个海军军人在外面能交到他穿蓝军装时的朋友。"

这时莱雅德表兄礼貌而悲哀地瞥了父亲一眼，说："谈到高尔夫，鲍勃，你算是踢到我的软肋了。我打了三十年，还是过不了90。"

比利中校更直白。他揶揄父亲说，他会成为"海滩流浪汉"，或者"共和党初级商会的出纳员"。他做出一副信以为真的样子，认为父亲有逃税、不支持"山姆大叔马戏团"而坐牢的危险。马戏团是比利中校称呼海军的黑话。这个词让联想到一件事，他从桌旁站起，严肃地咆哮："哦，是的，哦，是的！鲍勃·洛威尔，我们的聪明孩子，我们的班级宝贝，可以和'老鼠'理查森媲美，他也辞职了，当上赛尔思·佛劳陀马戏团的公关代理，他给我写信说：'亲爱的比尔吉——，走在大象和身上饰片闪闪发光的人前面，打着鼓，我经常会奇怪，为什么我几乎碰不到同班同学。'"

那些晚餐会，那些道歉！也许我夸大了他们的尴尬，因为它们在我记忆中灰蒙蒙的，不祥地预示了我父亲变成平民和波士顿人之后的下坡路。我感觉，抛锚的父亲在搁浅的那一两年，在等待新生活的过程中，和以往的同道和兴趣渐行渐远。

在那些晚餐会上，我通常从头坐到尾，吸收寒冷和焦虑。我想象自己困守一隅，周围全是从迈尔斯们新继承来的维多利亚式家具。在里维尔街荒凉的餐厅里，那些家具没有一件保留了它们在表亲卡西的纪念册纸纹表露出的、悠闲的屈尊俯就。这里，桌子、高脚柜、椅子、屏风——桃花心木、樱桃木、柚木——看起来紧张不安，比例失调。它们仿佛在躲躲闪闪，攘臂挤擦，重心从一只脚，换到另一只脚。高低柜上高挂金色的国鸟之鹰，它俯身向前，满身灰泥，步履蹒跚。谢菲尔德镀银花瓶，比银子贵重得多，开裂起皮。梅森-迈尔斯纹章上的美人鱼，露出金属的铜褐色。在新英格兰的强光照射下，餐柜下的斯芬克斯铜柱，看起来仿佛是激流城①制造的一样。一个很显眼的现象是，祖父的钟表，里头的秒针、分针、时针，显示月相的海景底盘，全都错了位，却没人在意。磨损的发声装置还能响，声音像管子砰砰砰地喷气。洋基风格的天花板太低，迈尔斯上校有纪念意义的西藏屏风，只好被不那么虔诚地裁短了。如今，它粗糙笨拙的样子像印度水牛，在猛冲的时候被杀死，身体还在剧

---

① 激流城，一个位于美国中西部密歇根州的城市。

烈挣扎。屏风向我们俯压下来，后面藏着餐室的洗碗槽。

我们最不愿提起的，要数卡西的父亲末底改·迈尔斯最有名气的第四子，蓝绶带获得者，上校西奥多罗斯·贝利·迈尔斯的肖像画。上校，以及我们新继承的肖像中的一半，都是旁系亲属；虽然在血统上和詹姆斯·卢梭·洛威尔一样近，但没有人叫他"太叔父"，母亲会开玩笑地做出一副因为要记住他的全名、官阶以及谱系辈分，而被过分约束的样子。西奥多罗斯上校在肖像中穿黑上衣、灰裤子，显得谄媚保守，让人联想到殡仪馆服务员和交响乐厅的乐手。他的鞋面是珍珠灰的长毛绒，缀着珍珠扣。胡子也许是仿照西部片中酒吧侍应的样子。庄严的西藏屏风围住他，显得他像来自拉萨的祖神，露出渎神但假模假样的态度。迈尔斯先生的上校胸章，粗粗缝在平民上衣上；闪闪的纽约帆船俱乐部徽章，如康乃馨；画框宽一英尺半，显着自负。右手永远悬在一座玻璃罩上，里面是火车头模型。他隐隐约约有一点中东人的样子，像是在等待着什么。母亲的缝纫圈里有一位女士的评论很别致——"所罗门王即将接受示巴女王在波士顿和阿尔巴尼的铁路股份图"。一去不返了，上校在表亲卡西的华盛顿宅邸里的尊贵位置；一去不返了，他的关于1850年代的美人们的讽刺诗，有趣的《没可穿的衣服了》①，当时家喻户晓，其红火程度，堪比布赖特·哈特的《不信神的中国人》②；一去不返了，他收藏的无价之宝，

---

① 《没可穿的衣服了》，一首激起广泛反响的讽刺诗，讽刺女人的奢华，刊于《哈泼月刊》(1857年)，但其作者是一个叫威廉·艾伦·巴特勒的纽约人，律师。
② 《不信神的中国人》的作者是布赖特·哈特（1836—1902）。作者的本意是讽刺当时美国对华人的种族歧视，但其广泛的反响却客观上迎合并加深了白人的种族优越感。

《独立宣言》所有签署者①的亲笔书信——他有一次说,"这些信就是我的墓碑"。西奥多罗斯·贝利·迈尔斯上校从来没有成为一个新英格兰人。他的族谱可以清晰地追溯到萨默塞特郡的自耕农,姓温斯洛或洛。他甚至都没有像他的父亲末底改那样,有一件1812年战争的背心可以炫耀。他的肖像是一个灰暗、败坏时代的微不足道的例证。上校的独子悄悄把名字从梅森-迈尔斯改成了迈尔斯-梅森。

我在等待晚餐结束、客人离开的时候,俯身把双肘支在桌上,两个拇指各撑一面脸颊,其余的手指在额前交叉,形成一个笨拙的哥特式拱门。我的目光穿过拱门,想让生活终止。外面小巷里,阳光照着我们的垃圾桶,毫无尊重可言,桶上刷着 R. T. S. LOWELL-U. S. N 的字样。当我合上眼帘,挡住阳光,我便看到一个橙色圆环,然后是一个红色圆环,最后是迈尔斯少校的肖像,阳光打在他猩红色马甲的血污上,将他变作一尊神。最终,关于少校并无戏剧性可言,虽然他高高地俯视我们,年轻庄重的脸庞,在在皆是地透露出他的不凡:上纽约州的大庄园主,罗伯特·利文斯顿②和马丁·范布伦的朋友。太祖父迈尔斯从来没有看不起萨勒姆女巫③,也从不就此说三道四。在他的眼里,没有象征,没有五月花号。相反,他平静地注视着他的橱柜、雕花玻璃酒瓶、酒柜———尊镀银的瓮,上面雕刻的梅森-迈尔斯美人鱼那世俗的乳房。如果能开口,他会说:"我的孩子们,我的血脉,怀

---

① 美国《独立宣言》于1776年7月4日由分别来自13个州的56位代表签署通过。
② 罗伯特·利文斯顿(1746—1813),美国开国元老之一。
③ 17世纪末在马萨诸塞州的萨勒姆发生的一起猎巫案件,导致20多个"女巫"被处死。

着感恩之心，接受你们继承的战利品吧。我们全是一伙旧家具贩子。"

在我的记忆中，坐在末底改下面的似乎不是父亲，而是比利中校——父亲放弃他的事业之后，选择继续的人。比利在那个位置散发出光芒，汗津津地自吹自擂。虽然粗俗不堪，但他那时已显露了海军中将、二战英雄的气质。我仿佛听到他用崇高的语言，吹嘘自己如何在列宁和贝拉·库恩的年代，捍卫了民主，如何"从事了国王的事业"（也就是指挥一艘驱逐舰），好像吉卜赛人一样，足迹遍及地中海、亚得里亚海和黑海——搞不清哪个上将在指挥，也不知道下次补给在哪里。

中校奇怪不知道哪根筋挑动了父亲，让他从华盛顿迁到了波士顿[1]，对此他总是很恼火。他问母亲："看在上帝的分儿上，为什么鲍勃这样脑子聪明的人，要去乞求一个接近废弃的波士顿基地第二顺位的职位，毁了自己的纪录，只有黑鬼才稀罕！"

我不安地蠕动身体。我不敢抬头看，因为我知道中校痛恨我母亲压着父亲一头，他认为我的哮喘——据说是因为不适应华盛顿的湿气——是胡说，认为我们最后落脚波士顿是耻辱。

对此我母亲会尖锐地反驳，她对比利解释说，除了司令官德·斯塔尔上将，波士顿基地没有什么低人一等的。我父母本应该在基地内居住，却未经同意在里维尔街91号安了家，斯塔尔上将因此而大发雷霆。上将命令我父亲住在基地里，但母亲不为所动，勇敢地在里维尔街坚持了下去。

"一个真正伟大的人，"她会说，"懂得如何对他的上级保持

---

[1] 洛威尔的父亲为了迁就妻子，拒绝了华盛顿更有前途的位置，停留在波士顿，主要负责船厂的造舰、检修等杂务。

尊敬。"

哈克尼斯中校绝望地双手一扬，发表一通小丑似的长篇大论。"你会相信这个？"他说，"德·斯塔尔，那个老朽的邋遢鬼，会让鲍勃一周七天，周末两天，住在基地那排 20 个可敬的专门给他的第三顺位的位置提供的房间里？'鲍勃，我的天啊，'老家伙说，'愿你今后一个人睡吧，没有老婆。每晚十点半到早上六点，你得把你的漂亮脸蛋挤进我的闺房。不要在意我躺在德·斯塔尔夫人身边。'老家伙尖声说。'我们不过是两个跟婴儿一样弱小的老梆子。但是鲍勃啊，'他说，'不要让我听见你抱着电话不放，和你那个逗留在里维尔街的夫人煲电话粥。我也许会打给你紧急电话，万一我要中风了什么的。'"

中校两手抓住桌子，椅子往后倾斜，他从上往下瞪着我，压抑不住庞大固埃般的惋惜："我知道为什么年轻的鲍比是独子了。"

第三部

福特·马多克斯·福特[1]

(1873—1939)

高吊球咚的一声落地,蹦跳着进了洞⋯⋯
(小福特打进的小鸟球[2]!)但这差点没把
部长们给吓死。劳合·乔治[3]扬起
令旗。喋喋不休,"跳蛙,跳蛙,跳蛙!
休弗[4]在果岭上用了铁杆;
这是肮脏的艺术,先生,肮脏的艺术!"
您的回应是:"你和我,对什么是艺术理解不同,
难道铁匠可以教产婆怎样接生?"
福特,您这话让嘴上冒烟的政客
现了原形。您说,"否则,
我就是统率一个师的将军了"。哦福特!
那些乔治王朝的牛津辉格党人,

---

[1] 福特·马多克斯·福特(1873—1939),英国小说家、诗人和批评家。《好兵》是他最著名的小说之一。福特是很多现代诗人、作家的推介者和保护者,这些人包括乔伊斯、庞德、艾略特、海明威等。洛威尔认识福特时还是个大学新生,曾做过福特的打字员,是福特把洛威尔引荐给他的新批评派导师艾伦·泰特的,后者对洛威尔的写作生涯产生过巨大影响。
[2] 高尔夫术语,比标准杆少用一杆,比如三竿洞两杆就打进。下文的果岭也是高尔夫术语,指的是球洞的周边区域。
[3] 劳合·乔治(1863—1945),第一次世界大战期间的英国首相,领导战时内阁。
[4] 福特本姓休弗,后来改为福特。

还没毕业便在索姆河大批阵亡[1]的贵族,对战争,
那国王的游戏所持的认识,是不是您的
《好兵》[2]——英语中最好的法国小说——灌输的?
福特,您五次晋升都被黑球[3]所阻,
后来芥子气[4]造成您的失声,虽然处于南锡
或贝洛森林[5]前沿阵地后方大约七迈:
您活着回来,"军服破损,
上衣翻领的领章绣着镀金的龙",
活脱脱一个约拿[6]——哦,离婚,和战后
伦敦的鲸油离婚,盛开,剪断,
摘下,踏一只脚!在普罗旺斯,在纽约……
结婚中[7],弄得一团糟中……在圆石城[8]
几近死亡,高海拔

---

[1] 索姆河战役发生于1916年,是第一次世界大战最惨烈的阵地战,英法联军对德军,双方阵亡大约130万人。
[2] 这部小说的背景设在第一次世界大战前,主要内容是几个朋友间的情感关系,根本没涉及战争。
[3] 一种无记名投票的办法,白球表示通过,黑球表示反对,通常用于俱乐部内的选举,其最大的特点是,一个或少数几个黑球便足以推翻一个动议,目的是保留俱乐部精神的纯洁性和延续性。
[4] 一种化学武器,在第一次世界大战时上百万人被芥子气杀死,被称为毒气之王。
[5] 南锡和贝洛森林位于法国,第一次世界大战的西线战场。
[6] 约拿是基督教的先知,被上帝派往尼尼微,劝说当地人行正路。另有传说称约拿被大鱼吞下三天三夜后复活,这可能是下文把福特比作搁浅之鱼的灵感来源。
[7] 福特在第一次世界大战期间为了作家伊索贝尔·维奥莱特·亨特和妻子离婚,但妻子不同意,和他打官司,福特企图归化为德国公民,以摆脱妻子,但没有成功,这里的"结婚中"可能指的是他的这段历史。
[8] 科罗拉多州的城市,海拔1600多米。

将全部世界压在您的心里,
而您的听众,从满满一足球场
缩减为区区十几个,您站在那里
喃喃自语,眼珠呈蓝鱼色,
嘴巴如鱼唇一般
突出,仿佛在拼命吸气……
啊沙魔①!您孩童的圆脸像O。太阳
呈茴香酒黄,给华盛顿
与史岱文森,您的小人国广场上的
所有时代的继承者,染上金色,
那儿,写作掏空了您的口袋。
但是大师,猛犸嗫嚅者,请告诉我为什么
您遗留的小说,那么一大摞,
却买不起一条绷带,缠住您痛风的脚。
一匹辕马,哦难忘的大象,
我听到您在布莱乌特②旧旅馆大吹大擂,
俨然是泰门和福斯塔夫③,桌上堆满
给出版商的草稿。呵小说④!我不会接受
您将自己和伟大人物比肩的谎言。福特,
您是一个好人,您死于穷困。

---

① 传说中的睡魔,让孩子们堕入梦乡之前揉眼睛,好像进了沙子。
② 布莱乌特是一家豪华旅馆,位于纽约市第5街,1954年停业。
③ 泰门是莎士比亚的剧作《雅典的泰门》中的主人翁,他是一个厌世者,散尽钱财后死于荒野。福斯塔夫是莎士比亚剧作《亨利四世》等中的喜剧人物,肥胖、虚荣、放浪形骸,却往往体现出人性的复杂和深度。
④ "小说"(fiction)在英文里和"虚构""谎言"是一个意思。

生活研究 **067**

致乔治·桑塔亚纳[①]

(1863—1952)

1945年的全盛之日[②],
一车一车被纪念品搞到发狂的
陆军士兵,以及军官出身的哲学教授,
乱哄哄地经过您的斗室,
惊奇地发现,您还活着,
一个有着自由思想,无信仰的天主教人士,
一个迷途的灵魂,发现
教会太好,好到无法去信的人。
后来,我常常漫步
经过圆形广场,以及密特拉神庙,
到圣斯德望[③],他在等待中变得

---

① 乔治·桑塔亚纳(1863—1952),西班牙裔美国哲学家,长期在哈佛大学哲学系任教,影响了很多诗人、作家,包括弗罗斯特、艾略特、斯坦因、史蒂文斯等。桑塔亚纳从1920年开始在意大利罗马定居,晚年住在圣斯德望圆形堂里,由一个爱尔兰修女组织负责照料。
② 1945年盟军胜利,墨索里尼统治被推翻之后,很多美国知名的文学人士来到罗马"朝圣"。
③ 圣斯德望一方面指作为人的圣斯德望,也就是《新约·使徒行传》7—8里的执事司提反,他死于石刑,成为殉道者,也许这就是为什么下文会说"薄如纸片";另一方面圣斯德望也指作为建筑的Santo Stefano Rotondo(圣斯德望圆形堂),位于意大利罗马的教堂,始建于468年,中世纪时期复建。教堂地下有一座密特拉神庙。

像您一样,薄如纸片……
在修道院的医院,
您希望那些鹅姑娘①修女,不要
绞尽她们和您的脑汁,为您的灵魂祈祷:
"没有上帝,只有母亲是玛丽的那个人。"

如今,永远躺在被祝圣的墓地
之外②,您笑得像是为了夺取绿布
在维罗纳赛跑的布鲁内托③——不像一个
失败者,而像一个胜利者……
似乎您长期以来对苏格拉底的心魔,
杀人狂阿尔西比亚德斯④,亦即哲学之魔的追求,
在您九十岁去世的那一刻,
终于把善逝的处女,变成圣斯德望圆形堂

---

① 《格林童话》中有一篇《放鹅的姑娘》,讲的是公主遭难,在河边放鹅,后来和王子成婚的故事。
② 因为不信神,所以桑塔亚纳不愿被埋在被祝圣的墓地。
③ 布鲁内托(1220—1294),被但丁引为导师的意大利学者、政治家。绿布的典故出自《神曲》XV:"然后他转过身,好像是维罗纳/为了争夺绿布而越野的人中的一个;/而且看起来像是他们之中的/优胜者,而不是失败者。"维罗纳风俗中,跑步优胜者获绿布作为奖品,赛马优胜者获红布作为奖品。
④ 阿尔西比亚德斯(前450—前404),雅典的政治家、将军,是苏格拉底的学生。普鲁塔克和柏拉图认为阿尔西比亚德斯是苏格拉底的情人。阿尔西比亚德斯擅长阴谋,性格跋扈,四处树敌,辗转于雅典、斯巴达、波斯之间,不断变换其效忠对象。苏格拉底一直想改变他的自负、虚荣。桑塔亚纳二战期间一直住在罗马,对意大利法西斯政权和墨索里尼持同情态度,所以此处洛威尔可能在暗示墨索里尼是桑塔亚纳的心魔。

那几株友好的月桂树①,那时的你
一如既往,不信、不忏悔、不被接纳,
您男孩子似的新娘子的羞涩,始终保持了一贯②。
老骑士,我看到您用儿童红蜡笔所做的批阅,
手中所拿的校样血肉模糊的删改,
赫然呈现在您搏动的放大镜里,
那破旧的角斗场③,出乎其中的卷扬之沙
以及心碎之狮,舔舐着您的那只
手,被色若金坨的黄胆汁④美化。

---

① 处女变月桂树是希腊神话典故。太阳神阿波罗追赶少女达芙涅,后者在恐惧中变为月桂树。
② 桑塔亚纳一生未婚,也没有任何绯闻,有传说他是同性恋,但从未被证实。
③ 角斗场应该比喻的是放大镜。放大镜,亦即角斗场里演绎着困扰桑塔亚纳一生的思想、历史、现实,用"卷扬之沙"和"心碎之狮"来代表,这些东西似乎从凸透镜的深度延伸出来,舔舐桑塔亚纳的手。
④ 西方古代医学认为黄胆汁导致愤怒,黑胆汁导致忧郁。整首诗都在谈论桑塔亚纳的平静,最后这句的"愤怒"突如其来,扭转了一切,一方面表达了洛威尔对桑塔亚纳的总结性的认识,另一方面也可能是洛威尔本人的自况。

致戴尔莫·施瓦兹[①]

（1946年，剑桥[②]）

我们甚至无法让锅炉不熄火！
哪怕我们拔了电源，
老式
冰箱，还在吐出芥子气，
汩汩地从你那座芥子黄的房子上腾起，
搅黄了我们谋划很久的
T. S. 艾略特的哥哥亨利·瓦尔[③]的来访……

你的填鸭躺在我的箱子上，长脖子指向哈佛：
鸭嘴是一把黑哨，高高的
前额，比婴儿的大拇指还要细；
鸭蹼分开，硬度堪比脚指甲。
这是你第一次屠杀；你飞奔回家，
把它腌在一个盛满朗姆酒的锡罐垃圾桶里——
它目光越过我们，仿佛死于烂醉。
你肯定是用了指甲把它的眼帘撑起，
但它和我们一起生活，迎接我们盯视的目光，

[①] 戴尔莫·施瓦兹（1913—1966），美国诗人、短篇小说家。
[②] 指的是马萨诸塞州的剑桥，哈佛大学所在地。施瓦兹曾在哈佛跟随怀特海研究哲学。
[③] 亨利·瓦尔的全名是小亨利·瓦尔·艾略特，作家、考古学家。

拉伯雷式的瘾君子模样，充满情欲，
栖息在我的箱子兼打字桌上，
戴尔莫，它让我们的焦虑
缓解了那么一会儿。我们饮酒，呆视
这世界怯懦如鸡的阴影。
沉在海底的那些家伙，高贵而疯狂，
我们谈论朋友们，消磨时间。"让乔伊斯和弗洛伊德，
欢乐的大师们，
来我们这里做客吧。"你说。房间
弥漫烟雾，烟雾盘绕柯勒律治
那偏执狂的、呆滞的目光，他从
马耳他①归来——眼睛沉陷在肉里，嘴唇烤得焦黑。
你的小虎猫，橘子，
踩着线球快乐地打滚。
你说：
"我们诗人年轻的时候从悲哀出发；
最后归于失望与疯狂；
斯大林两次脑出血！"
查尔斯河
泛起了银波。在漾动的
晨光里，我们把
鸭子的
——蹼足——
蜡烛般，插到即将被消灭的一夸脱②杜松子酒里。

---

① 柯勒律治有严重的躁狂症，需要服鸦片缓解，晚年曾赴马耳他工作两年。
② 英、美计量液体或干量体积单位，此处用作液量单位，1美夸脱≈0.946升。

哈特·克兰[1]的话

"普利策奖倾泻在瘾君子
或钻营者的头上,这些人用肥皂洗我们干燥的嘴[2],
此时,几乎没有人体谅,我为什么
喜欢吊在水手身后[3],把山姆大叔
虚伪的镀金桂冠,抛撒给飞鸟。
因为我理解我的惠特曼,有如理解一本书,
美国的异乡人,请告诉我的国家:我,
卡图鲁斯[4]再世,轰动过
布鲁克林村[5]和巴黎,常常扮演我的
同性恋角色,狼吞那些
在协和广场忍饥挨饿的、迷途的羔羊。

---

[1] 哈特·克兰(1899—1932),备受推崇的美国诗人,做过远洋货轮的海员。33岁的时候从墨西哥回纽约的轮船上跳海自杀。本诗全文都在引号之内,算是克兰的话或内心独白,但克兰肯定没有说过这些话,洛威尔为克兰所拟的这些话是要通过克兰的口赞美克兰。
[2] 用肥皂洗嘴是一种体罚说脏话的儿童的方式,19世纪末20世纪初在英美国家较为普遍。这里引申义是说这些钻营的获奖者很虚伪,嫌弃并指责"我们"语言粗鲁。
[3] 克兰是个同性恋者,喜欢和水手厮混。
[4] 卡图鲁斯(前84—前54),古罗马抒情诗人。
[5] 克兰曾在纽约的布鲁克林村(今天的Brooklyn Heights)居住,很多名人、艺术家曾在此居住过,包括惠特曼、梦露、麦卡勒斯、奥登、布罗茨基等。

我的收益是一个开了洞的口袋。
谁想要见我,当代的雪莱①,
必须敞开心怀,供养我食宿。"

---

① "当代的雪莱"在原文中其实也可以作为"双关"理解,即"到了我这个年龄的雪莱"。克兰和雪莱都是短命天才,雪莱活了30岁,克兰活了33岁。洛威尔虽然没有像克兰那么穷困潦倒,但是他的挫败感一点也不少,这句话,甚至这首诗也多少有洛威尔自况的味道。

第四部

I

和德伏茹舅舅在一起的最后一个下午

（1922 年，外祖父的夏屋，门前石廊）

一

"我不跟你们去。我要和外公一起！"
这就是我在周日晚饭间
对父亲和母亲想从水龙头
喝马提尼的美梦所泼的冷水。
……枫丹白露、马塔普瓦塞特、普吉特海湾①……
在外祖父的农场度夏之后，
什么地方都唤不起我的兴趣。
两排焦渴的杨树夹道，
呈钻石尖状，展现一种诺曼风格，
从外祖母的玫瑰园起始，排队前行，
止于一处长满原生松和灌木丛的，
令人害怕的所在，以及永远在探路的几条小径。

1922 年的一个下午，

---

① 枫丹白露是法国著名的旅游区，马塔普瓦塞特是美国马萨诸塞州的海滨小镇，普吉特海湾是位于美国西雅图的峡湾。

我坐在石廊下，透过纱窗看出去，
黑色纱窗的质地，宛如煤床的纹路。
托其托克，托其托克
那座爱德华风格的高山咕咕钟①沉重地敲击着，
钟里吊着被勒住的木鸟。
我们的农民正在山丘下的食品储藏室抹水泥。
我一只手放在黑土堆上，
感到冰凉，另一只手放在石灰堆上，
感到温暖。我周围
全是外祖父亲手制作的物件：
他在*自由钟银矿的快照*②；
他的高中，摄于*内卡河畔的斯图加特*；
劣质雪茄似的棕黄鹿角；一坨坨愚人金；
八角形红砖，沾满了蚂蚁尿，
底下有一座秘密的沼泽往外渗水；
一架洛基山躺椅，
椅子腿像涂满虫胶的树苗。
一具哈克贝利·芬玩偶，粉笔灰色，
甩一根扫帚草，从盆里
钓鱼，盆子则脱胎于一个凿空的磨盘。
这种装饰，好像外祖父一样，
不合比例，有一股男子汉的那种
令人感到舒适的专横。

---

① 即布谷鸟钟，17世纪源于德国黑森林的钟表，整点时布谷鸟会从活动门出来，发出声音报时，完毕后退回。
② 自由钟银矿位于科罗拉多，洛威尔的外祖父是这个银矿的创办者。

生活研究　079

那些向日葵是什么？齐肩飘的南瓜蔓呢？
日落时分，萨蒂和奈莉
托着冰茶罐，
橙子、柠檬、薄荷、薄荷糖，
罐装的香迪盖夫，
那是外祖父用菝葜根和啤酒各一半
配伍而成的家酿，滋滋冒泡。
农场在社交名录
登记的名字是夏-德-萨，
由我外祖父的子女名字的第一个音节组合而成：
夏洛特①、德伏茹、萨拉。
我在世的时候，没有人死在那里……
只有煤渣，我们的苏格兰小狗，
吞吃癞蛤蟆，瘫痪了。
我坐在那儿，搅拌黑土和石灰。

二

我五岁半。
我的珍珠灰正装短裤
刚上身三分钟。
我的完美观，就是
波士顿州议会大厦下罗杰斯·皮特男童商店
橱窗里的偶像在不灭的

---

① 夏洛特是洛威尔的母亲。

秋光下摆出的
奥林匹克身姿。洗脸池镜子
给我的脸缀了几滴变形的水珠粉刺。
我是一只毛绒巨嘴鸟，
伸出一个多彩、嗜酒的喙。

三

弹子房的湖景窗，映衬着
悬浮于空中①的，伟大的萨拉姨妈②，
日落时分的凝滞，给她抹上一层艳红，
她在学《参孙和黛丽拉》③。
她疾风暴雨似的在一座假钢琴上弹奏，
钢琴披了纱罩，宛如闺房的绣桌，
有手风琴的样子，却悄无声响。
买它的目的是为了
外祖母的神经免受刺激，
她五音不全，如蟋蟀一般敏捷，
现在想生第四个，以便"拍卖"出去，
她饥渴的眼睛
钉在萨拉姨妈身上，后者恍如凤凰，

---

① "悬浮于空中"在原文中也有"悬浮未决"的意思，暗示了姨妈的命运。
② "伟大的姨妈"的原文 Great Aunt 本来是"姨婆"的意思，但根据本诗第二节，萨拉其实是洛威尔的姨妈，本节倒数第二行也说萨拉是姨妈（Aunt），可见此处的 Great Aunt 不是"姨婆"的意思，应该将两个词分开来理解，即伟大的姨妈。
③ 《参孙和黛丽拉》是法国作曲家圣-桑的歌剧。

在一床惹人嫌的零食和陶赫尼茨版名著①中浴火重生。

四十年前,
她二十岁,头发还是茶褐色,
蝈蝈般的天才之音!
家族内盛传,萨拉姨妈
耸着她雅典式的古典鼻子,
抛弃了一个阿斯特家的男人。
非演出季的夏天里,
她每天早晨都在交响大厅的
大钢琴上练习,大厅死寂——
那些裸体的希腊雕像,披着
褶皱的紫巾,仿佛复活节前一周的圣徒……
在独奏演出的那天,她没来。

四

我用一只干净的指甲拨弄
洗得发白、三角帆似的海魂衫的蓝锚扣。
我到底在期盼什么?
……一匹桅帆色的马在香蒲中啃草……
一阵软软的西风吹动

---

① 德国陶赫尼茨书店印刷的系列廉价平装本英文名著。

我的上衣，把我吹到我们的七个烟囱①上空，
吹皱了水面……
小如蓝宝石的池塘：奇塔克斯湖、斯尼皮图特湖、
阿萨沃姆普赛特湖②，被"那座岛"对半切分，
我舅舅的茅草隐蔽所在那儿
浮动着，有如一道烟云拦于河坝上。
双筒猎枪从里面伸出，
仿佛一捆缠在一起的细长的撬棍。
一个桨手划一艘迷彩皮艇
呱呱地接近诱饵……

水域之间的木屋，
靠水最近的窗户已钉上木条。
德伏茹舅舅正关闭露营地，准备过冬。
他穿着加拿大军官志愿者的
作战服，一本正经，做出
"订婚照"那样的姿势。
日光射穿门廊，斑驳了他学生期间的海报，
胡乱别在粗糙如木板路的墙上。
潘趣先生③，一个穿着曲棍球紧身服的西瓜，
仰头喝下一瓶苏格兰威士忌。

---

① 七个烟囱，18世纪荷兰人在哈德逊河谷建造的房子，这里用以指代外祖父的房子。
② 这三个湖都在波士顿以南，位于罗彻斯特市附近，还保留着印第安人的原来的名字。
③ 潘趣先生应该指的是为潘趣酒做广告的模特。

法国丽人穿着红白蓝的托加袍,
正在接受她的"保护者"
天真汉加肥猪爱德华七世的胳膊。
战前的歌剧院美人儿,
细长的鹅颈、照人的神采、美人痣,
头发盘起,宛如公鸡尾羽。
最精致的那幅,画两三个穿卡其短裙的年轻人,
埋伏在南非大草原的草丛里——
几乎是真人大小……

舅舅二十九岁就快死了。
"你俩简直就像孩子。"
外祖父批评我的舅舅和舅妈
丢下还是婴孩的三个女儿不管,
乘船去欧洲度最后一次蜜月……
我害怕地蜷缩一团。
我不是小孩子了——
无人注意,却注意一切,我是阿格里庇娜
住在尼禄①的金殿里……
我旁边是外祖父用铅笔画的
量身高的白门,伴随着舅舅的成长。
1911年他身高就到头了,只有六英尺②。
我坐在地砖上,

---

① 尼禄是古罗马皇帝,权欲熏心的阿格里庇娜是尼禄的母亲,后来被儿子杀害。
② "六英尺"大约是1.83米。

挖着海魂衫上的锚扣，
德伏茹舅舅就站在我背后。
他的头发梳理光滑，像我们的驭马巴亚德。
他的脸满是油灰。
他的蓝上衣和白裤子
变得更鲜艳、更端直了。
他的上衣是蓝樫鸟的尾巴，
他的裤子是瓶口流出的固体奶油。
他栩栩如生、层次分明，
仿佛衣柜里的姜饼舞人偶。
他快死了，霍奇金病，不治之症……
我的手先是暖的，后是冷的，
抚在土和石灰上，
一个黑堆，一个白堆……
来吧冬天，
德伏茹舅舅将融入那唯一之色。

邓巴顿

我的外祖父发现
他的外孙那迷雾紧锁的孤独
比人类社会更甜蜜。

德伏茹舅舅死时,
父亲仍在太平洋执行任务;
农夫麦克唐纳先生,车夫卡尔,
甚至我的外祖母,嘴上都说"你父亲"如何如何,
口气那么自然,指的却是我外祖父。

他是我父亲。我是他儿子。
每年秋天我们都会逃离波士顿,
来到邓巴顿的家族墓地。
他亲自操控方向盘——
像一个掌舵的海军上将。
摆脱了卡尔[①],省一点油钱都惹得他哈哈大笑,
每逢下坡,都会大撒把,
任凭他的机动过山车脱离把控。

---

① 卡尔在英文里是"自由之人"的意思,摆脱了卡尔(freed from Karl)是一个固定短语,形容一种脱离日常、身心自由的状态,也是一个语言游戏,兼指上文的车夫卡尔。

我们在纳舒瓦的一家普利西拉停下，
买巧克力蛋糕和根啤，然后
在一家"印度之夏"，一起"开闸放水"……

墓地里，一只温和的"威尼斯基督"
展现牧羊犬的耐心，
守着外祖父的姑姑洛蒂
和他的母亲，守着他父亲弗朗西斯的
墓石，而非遗骨。
弗朗西斯·温斯洛当时掰着手指
才能数清的一片
原生松，仍徒劳地伸出光秃的鸵鸟脖子，
横过废弃的水磨塘，塘水色若树皮，散发芳香，
氤氲一点微红，
仿佛家里那幅爱德华·温斯洛[①]肖像里
越来越黑的葡萄紫外衣，
他做过破产的托利党人所尊奉的
陛下，乔治二世[②]治下的郡守。

外祖父和我
为我们死去的祖先清扫落叶，

---

① 爱德华·温斯洛（1669—1753）的祖父是约翰·温斯洛，"五月花号"的乘客。爱德华是银匠，后来做过马萨诸塞州萨福克郡的郡守，当时美国尚未独立，所以后文说他是英王乔治二世治下的郡守。
② 一般认为英王乔治二世是一个弱主，在位期间，权力受限于统治议会的辉格党人，而托利党人主张君权至上。

生活研究　087

点燃"龙"的篝火,
抵御潮湿天气。

我们的帮工,巴柔斯先生,
曾在夏洛和谢尔曼①并肩作战——
他的保温杯装着咖啡,
是研磨粉加牛奶,不经萃取;
他私酿的红酒,
像葡萄冻一般齁甜,
装在瓶里,以石蜡封口。

我借来外祖父的手杖,
上面刻着他在挪威登过的
山的名字和海拔刻度——
与其说是拐棍,不如说是武器。
在野兽派的淤泥里,我用它刺蝾螈。
关在一只锡铁烟盒里,赭黄的蝾螈成熟体
失去了豹斑,
麻木地趴在底部,
像一卷卷剥下来、开始皱缩的葡萄柚皮。
我把自己也看作一个年幼的
野蝾螈,猩红色的神经衰弱患者,
趴在咖啡色的野水中。

---

① 夏洛之战,1862年美国内战期间发生于田纳西,谢尔曼是当时北军的一个将领,夏洛是当地一个教堂的名字,本义是"和平"。

早上，我好像情妇似的
蜷缩在外祖父的床上，
而他去侦查噼啪作响的烧湿柴的火炉。

外祖父母

他们全都去了另一个世界,
布罗克顿市那些把周五逛药店
和一毛钱店当仪式来捍卫的大人。
在我青春期那些荒废的、充满混乱的
日子里,外祖父仍像警察一样
挥舞着拐棍;
外祖母,像一位伊斯兰信徒,仍旧
裹着厚厚的薰衣草蓝头巾,兼具哭与行的功用;
"离弦箭"还在马厩里清着嗓子。
后来,路上的扬尘
染白了疲倦的榆树叶子——
十九世纪,厌倦了孩子们,逝去了。
他们全都去了一个光的世界;农场是我自个儿的了。

农场是我自个儿的了!
一个人回到那里,
窝在室内,又浪费了一季。
我听到乡下的小留声机震动着
五英尺①的喇叭:

---

① 大约是 1.52 米。

"哦夏日时光!"
甚至到了中午,强大的
旧制度[1]仍把大自然挡在远方。五只
绿罩灯泡,在台球桌上织出蛛网;
没有比那桌布更绿的场地了,
曾经外公要给我俩舀糖,
却碰翻了他的黑咖啡。
他最喜欢的三号球,还在老位置,
盖住咖啡的污痕。
再也不会
走到那里,用巧克粉擦着杆头,
坚持一个人打我们两人的回合。
外公!找到我、抱住我、爱抚我!
泪水污了我的手指。
我生活的租约已经过半,
我拿起一部《伦敦新闻画报》——
仍旧不忠不义,
给俄国的末代沙皇添上
八字胡。

---

[1] 原文是法语,指法国大革命前的贵族旧制度,作为专有名词,这个术语的确立始于托克威尔的《旧制度与大革命》。

洛威尔中校
（1887—1950）

当我还是小男孩，在马塔普瓦塞特，
我的玩偶中没有我不想要的，也没有女的——
除了母亲，仍在做她父亲的宝贝女儿。
她给我读拿破仑的故事，
她带电的嗓音还有
未婚少女的歇斯底里，一惊一乍。
卷首插图，画的是哈布斯堡家族的
长鼻子玛丽·路易莎①，
她有一种地道的波士顿式羞怯，
匍匐到波拿巴面前，后者揉着肚脐眼，
狼吞虎咽——只有我七岁那么高！
而我，易怒的疯子，
躲在阁楼上，
熟记两百个法国将军的名字，
从 A 到 V——从奥热罗到旺达姆。
我常常让自己半睡半醒，
数羊似的数那些佶屈聱牙的音节。

---

① 玛丽·路易莎（1791—1847），拿破仑一世的第二任妻子。

在"马塔"的暑期殖民地,
来一个海军军官对我父亲来说
没有需要大惊小怪的地方。
出现在高尔夫球场上的父亲
一点都不"严肃",
他穿着蓝色哔叽夹克,
从珍珠港一个军需部门买来的
剪裁粗糙的白帆布裤……
击球四次,才把球推进洞里。
"鲍勃,"他们说,"高尔夫这个运动不玩则已,
一玩你必须真懂才行。"
他们把他装进"海军的"这个形容词里
一笔勾销,理所当然认为他的运动是航海。
可怜的父亲,他的专业是工程学!
他兴高采烈地混迹于
周日帆船俱乐部的资深水手里,
格格不入。

"起锚,"父亲在浴缸里嗡嗡地发出指令,
"起锚。"
当时利华兄弟公司给了他
海军薪饷双倍的工资。
我缠着要玩他那把金穗佩剑,
被母亲一吓就退缩,因为所有的牙都装了
新牙冠的母亲,四十岁上
获得了新生。父亲离开了海军,

以老水手著称,
把房产转到母亲名下。

他很快就被解雇了。一年年过去,
他还在浴缸里哼着"起锚"的调子——
每当他辞去一个工作,
就会买一辆更漂亮的车。
父亲最后一个雇主
是斯卡德、史蒂文斯暨克拉克投资顾问公司,
他自己是唯一的客户。
母亲拖着沉重的脚步上床,
读曼宁格①,
变得越来越怀疑的时候,
他则变得越来越具有对抗性了。
一晚晚过去,
在他的台灯绝望的光线下②,
他把安纳波利斯③的象牙算尺
夹在画满图表的本子里——
小散户的金融投机!三年里
他亏光了六万美元。
笑对一切的父亲

---

① 可能指的是卡尔·曼宁格的精神医学著作,最著名的著作为1930年出版的《人类思维》。
② 这句话出自法国诗人马拉美的诗《海风》,写一个曾经的水手对大海的怀念,洛威尔把诗句中的第一人称改成了第三人称。
③ 洛威尔的父亲毕业于位于安纳波利斯的美国海军学院,详见本书第二部《里维尔街91号》。

曾经是那么成功，在一众
波士顿显贵中间，卓尔不群。
早在 1928 年，
他就拥有了一栋房子，改造为烧油取暖，
让圣马可中学的建筑师
重新装修……主要的效果
集中在客厅，"凡尔赛宫的长方形"，
天花板是蓝的，如大海，用燕麦进行了糙化处理，
曾经
十九岁，是班里最年轻的少尉，
已是一艘巡行扬子江的炮舰上的"老人"了。

柏弗利①农场最后的时日

在柏弗利农场,一块庞大、令人不适的圆石
矗在花园的中心——
一种不规则的日本格调。
父亲用"老式"做派喝完波旁威士忌,
神色轻快,古铜色的脸膛泛起一丝稍嫌过分的红润,
他晃来晃去,好像在甲板上执行任务,
头戴一顶六角星灯笼——
去年七月的生日礼物。
他挂着他的洛威尔式椭圆的笑,
他穿着奶黄的华达呢晚宴上装,
系着靛蓝色的腰带。
他光秃秃的头干净利落,
他最近节食,体格精悍,生机勃勃。

父亲和母亲搬到了柏弗利农场,
步行两分钟到车站,
半小时火车能到波士顿看医生。
没有海景,
只有通勤火车天蓝色的铁轨

---

① 柏弗利应该指的是波士顿郊外的柏弗利市,不是农场的名字。

如一把双杆猎枪闪闪发光
从八月末鲜红的漆树之间穿出，
那片漆树，在他们的花园分界线上
癌症般增殖。

父亲曾两次心脏病发作。
他仍旧把地下经济当成宝，
但他最好的朋友是他的小黑车雪佛，
供在车库里，好像用来祭祀的公牛，
蹄子镀了金，
但却有一种异常的素净，
车身浑圆，比一只老式舞鞋的侧线还少。
当地的汽车经销商，一帮"海盗"，
收了额外的"国王的赎身钱"，
才让父亲在最短时间提了一辆没有镀铬的车。

每天早上八点半，
漫不经心的父亲眉飞色舞，
抱着一堆微积分和三角几何的书本，
关于飞剪式帆船的统计数字，
象牙算尺，
悄悄地开上他的"雪佛"
溜去萨勒姆的海洋博物馆①晃荡。
他称呼馆长为

---

① 柏弗利到萨勒姆的海洋博物馆不远，不到1小时的车程。

"瑞士海军司令"。

父亲的死很突然,没有挣扎迹象。
他的视力一直保持在 20/20。
一天早上,在令人不安的、反复的微笑中,
他对母亲说的最后一句话是:
"我感觉很糟。"①

---

① 洛威尔的父亲死于 1950 年,时年 63 岁,洛威尔其时 33 岁。

父亲的卧室

我父亲的卧室：
床罩上洇着蓝线，
细如墨水笔迹，
窗帘上有蓝色圆点，
一件蓝色和服，
蓝绒布面的中国拖鞋。
地上铺着宽板实木，
透着一股子砂纸打磨的整洁。
透明玻璃的床灯，
白色薄布罩子，
被垫高了
几英寸，底下放的是
拉夫卡迪奥·赫恩[①]的
《不为人知的日本一瞥》
第二卷。
变形的橄榄色封面
好像被摧残的犀牛皮。
扉页上写着：
"罗比，来自妈妈。"

---

① 拉夫卡迪奥·赫恩（1850—1904），希腊裔日籍作家，日本名字为小泉八云。

多年后同一只手写道：
"此书曾在中国的扬子江上
经受过粗暴的使用。
在一场暴风雨中，被丢在
敞开的舷窗下。"

待 售

可怜、温顺的玩物，
以慷慨的敌意打理而成，
住进去仅一年的——
我父亲在柏弗利农场的房子，
他去世当月就入市了。
空荡荡的，敞开的，私密的，
适于联排别墅的家具
在一种蹑手蹑脚的气氛中
被踮脚尖的殡仪工带来之后
等待搬运。
准备停当的母亲，
她害怕一个人活到八十岁，
在一扇窗户后发呆，
像火车坐过了站
却没有下。

从拉帕洛[①]坐船回家

(1954年2月)

你的保姆只会讲意大利语，
只二十分钟，我便能想象你最后的日子是怎么过的，
泪水淌下我的脸颊……

当我携母亲的遗体从意大利登船，
整个热那亚湾的海岸线
破碎为愤怒的花朵。
黄绿相间的海水滑板
疯狂地突突，仿佛无数风钻
在我们的轮船拖曳的那道
斯普蒙特气泡酒的尾迹中转动，
这景象让我想起我那辆颜色搭配失谐的福特车。
母亲在货舱，头等舱；
她黑金色的**复兴时代**[②]风格的棺材
和荣军院[③]里拿破仑的类似……

当旅客们经过地中海，

---

① 拉帕洛，意大利热那亚的一个海滨小城。
② "复兴时代"，原文是意大利文，指的是19世纪意大利的统一运动。
③ 荣军院，位于法国巴黎，始建于1670年，1861年拿破仑的陵墓迁移至此。

躺在甲板上晒太阳的时候,
我们邓巴顿的家族墓地
在零度以下的气候里,
瑟缩于怀特山①下。
墓地的土正冻结为石头——
它容纳的太多的死亡发生于隆冬。
阴郁黑暗,衬着使人睁不开眼的风雪,
黑溪与冷杉,光滑有如船帆。
一道箭头林立的黑铁栅栏
包围了它,圈内基本都是殖民时期的墓碑。
唯一"非历史"的访问,来自
父亲,如今也埋在了粉色纹理、
尚未经气候摧残的大理石新碑之下。
甚至碑上洛威尔家的拉丁箴言:

抓住机会,

在这里也显得太商业、太逼迫了,
灼人的寒冷提亮了
母亲族人那些漫漶的刻痕:
二三十个温斯洛和斯塔克。
寒霜②给它们的名字镶了钻石的八角……

---

① 怀特山即白山,位于新罕布什尔州和缅因州境内。邓巴顿在新罕布什尔,离波士顿不远。
② "寒霜"(Frost,音译即"弗罗斯特")让人不由自主联想到美国大诗人罗伯特·弗罗斯特(1874—1963),弗罗斯特有一首诗《世代传人》写的斯塔克家族看来并非完全的虚构。

母亲的棺材上刻的飞扬的字母中
"洛威尔 Lowell"被错拼为洛弗尔 Lovel①。
尸体
裹了意大利锡箔,像潘妮托妮面包。

---

① 两个单词的英文发音很像,容易混淆。

发　烧

摇篮吱扭扭响了一整夜；
从健康的乡下，到病态的城市，
我女儿一着家就发烧，
在母鸡色睡袋里翻来滚去。
"对不起，"她向她那昏黄灯泡似的父亲喃喃道，"对不起。"

母亲，母亲！
作为一个宝石般的本科生，
半个罪犯，但却是优等生联谊会的一员，
我常常很晚才着家。
楼梯扶手旁，
总放着一盘子
烤牛胸肉，
牛奶盛在盘中的儿童奶杯里。
母亲，我们常常凑着炉火，
在毫不掺假的快乐中，
数落父亲的性格——
他以为我们睡了，
踮起脚尖，沿楼梯下来，
把门链拴上。

母亲，你的主卧

没有朝向大海。
你有一张靠窗摆放的椅子,
一块电热毯,
一个银色的热水杯,
上刻花体字,像可以插进裤袋的扁酒瓶,
意式水果瓷盘
画着一簇簇的莓果
与合宜的丘比特。
金、黄、绿
色调的婚床
和浴室一样大。

那是二十年代,
早出生十年,却像亿万年前[①],
母亲,你笑起来,
仿佛看见你父亲慢腾腾地挪步,
躲在屏风后,假装看一本
《国家地理》,每当有年轻人过来
追求你的时候,适值第一次世界大战
结束后那些安定的岁月。
太恐怖了,那些旧式生活的体面!
不允许不得体的亲密行为
或争吵,那时,尚未解放的妇女
仍拥有弗洛伊德式的爸爸,和仆人!

---

① 洛威尔母亲出生于 1888 年或 1889 年,20 年代的时候已经 30 出头了,"早出生十年",所以成了上一个世纪的人,听起来好像很老的样子。

醒于蓝色[1]

夜间值班员,波大[2]二年级生,
他把昏沉沉的头支在《意义之意义》[3]上,
一头乱麻,醒了过来。
他迈着猫步,沿着我们的走廊巡视。
蔚蓝的天
使我痛苦的蓝窗更加荒凉。
乌鸦在那片硬化的空地上徘徊。
空虚!我的心紧了起来,
仿佛一只渔叉,准备掷杀。
(这里住的都是"脑袋有病"的人)

我的幽默感能派什么用场?
我冲斯坦利咧嘴一笑,如今他陷入六十岁的深坑,
曾是哈佛的全美最佳后卫。
(如果这可能的话!)
仍在体内撑着一个二十几岁男孩的身板,
当他喝醉了酒,直挺挺一条,

---

[1] 蓝色(blue)在这里是双关,因为蓝色在原文里也有忧郁的意思。
[2] 波大(B. U.)即波士顿大学(Boston University)的简写。
[3] 《意义之意义》作者是语言学家奥格登和新批评派文艺理论家理查兹(1893—1979),初版于1923年。

耸着海豹的肌肉,
躺在他的长浴缸里,
维多利亚时期的下水道微微传来尿骚味。
国王一般威严的大理石侧影,一顶深红的高尔夫帽,
白天戴着,夜里也不摘下,
他脑子里只有一件事:保持体型,
吃果汁奶冻,喝姜汁啤酒——
比一头海豹缄默。

在迈克林恩精神病院①的波蒂齐大楼,天是这样蒙蒙亮的;
被灯罩捂暗的夜灯下,出现"鲍比"的字样,
坡斯廉俱乐部② 1929 级,
路易十六的翻版,
除了没戴假发——
香喷喷、圆滚滚,宛如一头抹香鲸,
他穿着生日服,张牙舞爪,
以椅子为马。

这些虚张声势的胜利者形象,骨化于年轻时光。

在白昼的界限内,
一小时一小时地熬,看管的
罗马天主教护工理着平头,

---

① 位于马萨诸塞州的贝尔蒙特,在波士顿西北郊区。
② 坡斯廉俱乐部是哈佛大学的学生联谊会组织。

他们荒谬的、单身汉的眼光,几近呆滞。
(天主教里没有
"五月花号"上神经兮兮的怪人。)

一顿丰盛的新英格兰早餐后,
我今天的体重
到了两百磅①。俨然一个要人,
趾高气扬,穿翻领的法国水手毛线衣,
对着金属镜剃须,
那些憔悴的本地面孔
困于一流的精神之壳,
两倍于我的年纪,一半我的体重,
我从中看到的未来摇摇欲坠,似曾相识。
我们都是此间的老人了,
人手一把上了锁的剃须刀。

---

① 大约是90公斤。

三个月后归家①

婴儿保姆终于走了,
一头统治卧室、惹哭
女主人的母狮子。
她曾经把几块猪皮
分别包以纱布,扎蝴蝶结,
挂在我们那棵八英尺高的木兰树上
三个月,如湿乎乎的吐司,
帮助英国麻雀
熬过波士顿的严冬。

三个月,三个月!
理查德又正常了吗②?
笑起来酒窝微露,
我女儿在浴盆里捉着她的堤岸。
我俩鼻子擦鼻子,
各自轻抚一撮丝滑的头发——
他们说我什么都没失去。
但我四十一了,

---

① 洛威尔在精神病院经过三个月治疗后首次出院。
② 理查德又正常了(痊愈了)(Richard was himself again),在英语中是一个常用语,意为一个人大病初愈了。

不是四十,我被关的时间
缺失了与孩子的玩耍。十三周逝去,
我的孩子仍会点着腮帮
提醒我刮胡子。等我们给她
穿上天蓝色的灯芯绒,
她就变成了男孩子,
将我的剃须刷和毛巾
扔在水里漂……
最亲爱的,我不能满脸肥皂泡
在这儿晃悠,像北极熊。

恢复中的我,不再虚度时光,也不再拼命干活。
往下三层,
一位零杂工在照料我们那片棺材长度的花床,
七朵开花的郁金香一字排开。
仅仅十二个月前,
这些花儿还是纯种的
荷兰进口货;如今,根本不须把它们
和杂草做什么区分。
被晚春的雪半是埋没,半是支撑,
它们已无法
挺过又一年积雪的神经切除术。

我不保留任何头衔。
痊愈的我,蜷缩起来,感到倦怠、渺小。

II

回忆西街和莱普柯[①]

我只在周二教课,每天早晨
穿上刚洗的睡衣,好像一条书虫,
我独占了一整座房子,在波士顿的
"难说热情的马尔波罗街",
那里,甚至一个
从后街的垃圾桶里翻捡烂污的人
都有两个孩子,一辆海滩面包车,一个助手,
而且是一个"年轻的共和党人"。
我有一个九个月大的女儿,
按年龄只够当我孙女。
她穿着火烈鸟婴儿服,像太阳冉冉升起。

这就是注射了镇静剂的五十年代。
我四十岁。我该追悔我的播种期吗?
我是一个天主教徒,拒服兵役的、喷火的良心犯,
在一份疯狂的声明中
批判了国会和总统,然后,
在"牛棚"里等待审判,

---

① 西街是美国联邦监狱所在地,位于纽约。洛威尔因反对越南战争而拒服兵役,被判入狱一年。莱普柯是黑社会头子,洛威尔的狱友。

身边是一个黑人男孩,头发沾着
大麻卷曲的烟丝。

我被判了一年,
在西街监狱的房顶上放风,一个
封闭空间,大小跟我学校的足球场差不多,
每天一次,隔着煤灰染黑的、横七竖八的晾衣绳
和一片漂白的卡其色廉价公寓,
看哈德逊河。
散步时,我和阿布拉莫维茨抱怨形而上学,
他有着黄疸病的肤色("其实是晒黑的"),
是一个特轻量级的和平主义者,
坚持素食主义,到了
穿草鞋、食落果的程度。
他劝彼敖夫和布朗,
两个好莱坞的皮条客,也改吃他的饮食。
这俩毛发旺盛、肌肉发达,
穿巧克力色双排扣的郊区俗人
大光其火,揍得他鼻青脸肿。

我孤陋寡闻,甚至没听说过
耶和华见证人[①]。
"你是拒服兵役的反战人士?"我问一个狱友。

---

① 耶和华见证人,是一个基督教宗派,被传统基督教视为异端,认为世界被魔鬼撒旦统治,拒服兵役,拒绝输血,拒绝赌博。

"不,"他说,"我是一个耶和华见证派信徒。"
他教会我"医院铺床法",
指给我看谋杀公司①的教父莱普柯
被T恤遮挡的脊背,
他在一个架子前叠毛巾,
或慢条斯理走进被隔离的单人牢房,
里面全是普通人不能享用的:
便携收音机,橱柜,两面玩具美国国旗
用复活节棕榈树的缎带捆绑一起。
他肌肉松弛,光头,被切除脑叶而显得迟钝,
以一种绵羊的温顺飘移,
坐在电椅上,没有任何令人痛苦的再评估
能轧轧轧地撼动他的注意力——
他垂挂着,袒露一种外部关联俱已断绝的茫然,
如绿洲……

---

① 谋杀公司,纽约的黑社会,活跃于1921—1941年。莱普柯是谋杀公司的头目,他在精神病院接受切除脑叶的治疗,后来被判坐电椅。据说洛威尔问他怎么进来的,他说因为杀了人;他问洛威尔怎么进来的,洛威尔说因为没杀人。

男人和妻子

眠尔通①起效了,我们躺在母亲的床上;
太阳升起,以战争的颜料染红我们;
她的床柱在强烈的日晒下反光,
被主人所弃,有点狄奥尼索斯的意味。
马尔波罗街上,树木终于绿了,
我们的木兰树盛开的花朵
用残忍的五日之白,点燃了早晨。
我整夜抓着你的手,
好像你是第四次
面对疯子的王国——
它陈腐的长篇大论,它噬人的眼睛——
把我活着拽回家……哦我的娇娇,
神的全部造物中最清澈的那个,一团纯粹的空气和神经:
你二十几岁,而那时的我
手里端着酒杯,
心神全在嘴巴上,
在格林威治村灌醉了
拉夫两口子②,晕倒在你脚下——

---

① 眠尔通,一种镇静剂。
② 拉夫两口子可能指的是《巴黎评论》的创始人之一菲利普·拉夫(1908—1973)和小说家玛丽·麦卡锡(1912—1989),两人当时是情人关系。

我喝得太多,太羞怯,
太一本正经,无法挑逗于你,
而你嬉笑怒骂,光芒四射,
烤焦了传统的南方①。

如今,十二年后,你转过身去。
无眠,你胸怀空虚,
抱着枕头,像一个孩子;
你那老式的恶言恶语——
语速飞快,声调可爱,但毫无怜悯心——
像大西洋在我的脑袋上拍碎。

---

① 这个"南方"的具体所指有点模糊。可能之一,洛威尔虽然出生、成长于新英格兰的波士顿,但他母亲在南方的北卡罗莱纳州的罗利出生、成长,所以"南方"是洛威尔自命;可能之二,洛威尔去南方跟随艾伦·泰特学习,等于叛离了北方的精英主义,和南方的传统派学人交游,所以"南方"指的是洛威尔及聚会上志同道合的一帮文人。

"说起婚姻中的不幸"

>（我们丰富的感觉和超感觉的肥皂泡，塑造了年轻的一代。——叔本华）

"闷热的夜晚，我们把卧室窗户大开。
木兰树开花了。生活开始发生。
我的丈夫放弃了争吵，他跳起来，
冲上街道，一路巡游着，去找妓女，
沿着剃刀的锋刃自由择猎。
这个神经病大有可能杀了老婆，然后保证戒酒。
哦，他的情欲有着节奏单调的恶意……
不公正……他那么不公平——
是威士忌就喝，凌晨五点才踉跄回家。
我唯一的想法是，怎么才能活下去。
什么能让他心痒？每天晚上
我都把十美元和他的车钥匙，绑在大腿上……
被他更年期的欲望所刺伤，
他熄了火，像一头大象骑在我上面。"

臭鼬时刻

（给伊丽莎白·毕肖普[①]）

瑙提勒斯岛[②]的隐士
女继承人，仍在她的斯巴达式木屋里过冬；
她的绵羊仍牧放在大海之上。
她的儿子是主教。她的农场管理人
是我们村的首席理事；
她已年老昏花。

渴望
维多利亚女王时代的
等级私密性，
她买断朝向她那片海岸的
所有碍眼之物，
任它们倾颓。

季节病了——

[①] 伊丽莎白·毕肖普（1911—1979），美国著名诗人、短篇小说家，是洛威尔一生的朋友。
[②] 瑙提勒斯岛位于缅因州。

我们已失去我们夏日的百万富翁[1]，
他似乎是从一本 L. L. 比恩[2]精品目录上
跳出来的。他航速九节的帆船
拍卖给了捕龙虾的渔夫。
红狐狸的颜色，覆盖了蓝岭山。

如今，我们的同性恋装潢师
把他的店铺装饰一新，迎接秋天；
他的渔网布满橙色的软木浮漂，
他的补鞋匠的凳子和锥子，也是橙色；
他的活计不挣钱，
他宁愿结婚。

一个昏黑之夜，
我的福特牌都铎[3]爬上山丘的头骨；
我注意到恋爱中的汽车。头灯关掉，
船壳挨着船壳，躺在一起，
市镇的墓地，一级一级地延伸……
我的大脑不太正常。

车载收音机哀鸣，

---

① 夏日的百万富翁，应该指的是来此消夏的富人，天气一冷就走了。洛威尔也在岛的附近继承了亲戚的房子，每年夏天都去避暑，算是本地居民了，所以会说"我们"。
② 总部设在缅因州海滨城市弗里波特的户外用品公司。
③ 都铎是福特旗下的二门轿车，首发于 1949 年。

"爱,哦无忧无虑的爱……"我听到
每个血液细胞里,都有一个病了的灵魂抽泣,
仿佛我的手掐住了它的喉咙……
我自己便是地狱;
此地无人——

只有臭鼬,在月光下
搜寻一口吃食。
它们直着身体,在主街上阔步挺进:
身上是白道道,月光射入了火红的眼,
走在三一教堂的
白垩之燥和尖顶之桅下。

我站在我们的后门
台阶上,呼吸着这浓烈的空气——
一头母鼬,领着一队孩子翻垃圾桶。
它的头像楔子,扎入一杯
酸奶油,垂下它的鸵鸟尾巴,
拒绝害怕[①]。

[①] "拒绝害怕"有两层意思,都讲得通:母鼬正吃得香,谁都不怕;母鼬不怕吃令人恶心的酸奶油。

致联邦死者

♣

给我的朋友威廉·阿尔弗雷德[1]

---

[1] 威廉·阿尔弗雷德(1922—1999),美国诗人、剧作家,哈佛大学英国文学教授,是洛威尔的密友。

声　明

　　我想借此交代几处引文。关于霍桑和爱德华的诗，从其各自的文章借用了很多词句。《尖叫》完全受伊丽莎白·毕肖普美好的小故事《在村里》启发。《训诫》用到了拉斐尔·阿尔伯蒂的一两个短语。《返回》受了朱塞佩·翁加雷蒂的《歌》[①] 的影响。《公众花园》是对一首混乱的旧作《大卫和拔示巴在公众花园》的改写和澄清。《阿尔卑斯山外》本来收在我的诗集《生活研究》中，但在约翰·伯里曼的建议下，恢复了被删除的一节。《佛罗伦萨》从玛丽·麦卡锡关于佛罗伦萨的书中偷了一个句子。本集所收入的诗均首发于《巴黎评论》《伦敦观察者》《遇见》《肯庸评论》《耶鲁评论》《大西洋》《诗》《纽约书评》等。《霍桑》一诗系为《拿撒尼尔·霍桑百年纪念集》（俄亥俄州立大学出版社）而作。

罗伯特·洛威尔

---

① 《歌》是翁加雷蒂的诗集《应许之地》的开篇诗。

水

缅因州的一座龙虾小镇——
每天早上，满载帮工的船只纷纷出航，
去各个岛上的采石场
掘大理石，

在一座岩石山
留下几十座凄凉的、
牡蛎壳似的、
白木框架的房子，

而我们下方，海浪
拍打堤坝，坝上火柴梗似的细棍
密织成渔网，
困住饵料小鱼。

曾记否？我们坐在一块礁岩上。
从时间这头回望，
那块礁石仿佛是彩虹色，
在侵蚀破败中，颜色更紫。

不过它只是一块

普通的灰岩,
被海水浇透后才变成
普通的绿。

大海一整天
都在我们脚下冲刷岩石,
一小片一小片
不停地剥离。

一天晚上,你梦见自己
变成美人鱼,扒着码头的桩基,
试图用你的手
拔掉身上的藤壶。

那时,我俩希望灵魂
能像海鸥那样归来、团聚,
栖在岩石上。但最终,
水对我们来说太冷。

旧 火

我的旧火,我的妻![①]
记得我们那本鸟类名录吗?
去年夏天的一个早晨,我驾车
从我们缅因州的房子下过,
它还在它的那个山顶上——

现在,门上喷绘了
一穗印第安红玉米。
十三道横条的旧日荣光[②]
挂在旗杆上。校舍红的
护墙板返旧了,发暗。

里面有了一位新主人,
一位新主妇,一把新扫帚!
它曾是大西洋海滨的古董店,
每个房间都有
闪光的锡器与劫掠品。

---

① 应该指的是洛威尔的第一任妻子简·斯塔福德(1915—1979),短篇小说家,普利策文学奖获得者。
② 旧日荣光指的是美国国旗。

新辟的边疆!
现在,不用再跑到隔壁
给警长打电话
让他开车送你去澡堂子,
去州里的酒品专卖店!

再也没有人看到你
想象中的、魂一样的情人
从窗口往外看,
把他脖子上的围巾
勒紧。

祝福新人健康,
他们的旗健康,他们
修葺一新的山上的房子健康!
一切都被席卷而空,
布了家具、刷了漆、通了风!

一切都变成了最好的——
那时我们激烈争吵,浑身颤抖,
被大雪困于一处,
多么像在堆满书的帐篷里
压抑怒气的黄蜂!

可怜的魂,老情人,
用你的旧日嗓音

喷射冒火的尖刻洞察吧,
让我们整夜无眠。
睡在一张床上,谁也别挨谁,

听着除雪车
轰隆隆地爬上山坡——
先是红灯,继以蓝灯,
把乱雪倾倒在
路边。

中　年

如今，严冬之磨
碾压我，纽约
尖啸着钻入我的神经，
每当我走在
被吞噬的街道上。

四十五岁，
下一步，下一步？
拐上每个街角，
都碰到父亲，
跟我同岁，还活着。

父亲，请原谅
我造成的伤害，
正如我
原谅那些
伤害我的人！

你从来没有
爬过锡安山，却在

雪的硬壳上留下
恐龙一般死亡的足迹,
而我必须亦步亦趋。

尖 叫

（得自伊丽莎白·毕肖普①的短篇小说《在村里》）

  一声尖叫，尖叫的回音，
  如今，只剩一道渐弱的回音……
  作为新斯科舍的一个孩子，
  我常遥望天空，
  瑞士的天空，太蓝、太暗。

  一头母牛在绿草之弦上流口水，
  拨着母牛的和声，噗嗤，噗嗤，噗嗤！
  还试图靠着一架丁香篱
  赶走身上的苍蝇——毡槌②一击
  一劳永逸！

  铁匠铺里，
  马蹄铁航行于黑暗之中，
  像血红的小月亮，
  又红又烫，一旦浸入水盆，
  便嘶嘶嘶地抗议。

---

① 毕肖普8个月大时，父亲去世，母亲被关进精神病院，毕肖普跟随外祖父母，在加拿大的新斯科舍的农场长大。
② 这里是把牛尾巴比作了钢琴部件，毛毡呢材质的弦槌。

转身,走开,回来!
妈妈来来回回,不停走动——
有时有我,有时没我!
妈妈的衣服是黑的,
白的,或黑白相间的。

有一天她换成紫的,
出了服丧期。在试衣间,
裁缝爬在地板上,
吃着大头针,像尼布甲尼撒①
跪下吃草。

有时候,游商
上门推销镶金边的红皮
和绿皮书,书一点都不可爱!
画里的人物穿衣
正像那套紫色的衣裙。

后来,她尖叫,
一开始根本谈不上大声……
当她离开后,我想:
"但你不可能爱所有人,
因为你的心不让!"

---

① 《圣经·但以理书》(4:25)记载巴比伦国王尼布甲尼撒被罚吃草:"你必被赶出离开世人,与野地的兽同居,吃草如牛,被天露滴湿,且要经过七期。"(和合本)

一声尖叫!但她们全走了,
那些姨妈和姑妈、外公、
外婆、妈妈——
甚至她的尖叫——太微弱,
我们无法久听。

哈德逊河口[1]

(给依瑟·布鲁克斯[2])

一个人孤身伫立如观鸟者,
从一个西屋电气公司废弃的
灰色电缆卷筒上,拍洒
积雪的辣椒末和盐粒。
一列列要报废的货车,来自三十个州,
统计其数量并无法使他
发现美国。它们在下方岔轨上
摇摆、震荡、隆隆不绝。
他几乎无法保持平衡。
他眼皮垂下,随哈德逊河
那些拼图板零片豁口似的、乱糟糟的浮冰,
叮叮叮地挤擦着
漂向大海。

浮冰叮叮叮地朝向大海走动,像一架钟表。
破口的桶喷出

---

[1] 据推测这首诗的视角应该是从洛威尔在纽约市西街监狱的屋顶上往西看的景色。西街监狱在哈德逊河的东岸,向西看去,对岸是新泽西。
[2] 依瑟·布鲁克斯是洛威尔多年的朋友,听过洛威尔的课,为洛威尔的戏剧《旧日荣光》做过编舞。

焦炭的烟火，一个黑人冒着烟熏火燎
翻炒麦粒。
刺鼻的化工厂味
从新泽西那边横扫过来，
闻起来像咖啡。

河对岸
一片片郊区厂矿
在硫黄的太阳下曝晒，横亘于
这绝不宽恕的风景。

1961 年秋

来来回回,来来回回,
咣、咣、咣,
老爷钟敲击,
它冷漠、如月的大使表盘
呈橘黄色。

关于核战争的刺耳争辩
持续了一个秋天;
我们把自己的灭亡谈了个尽。
我像一条蝌蚪,在自己工作室的
窗户后游动。

我们的末日,更近了,
月亮升起,
辐射恐怖之光。
国家,是玻璃罩下的
跳水员。

父亲做不了
孩子的保护盾。
我们像一大群野蜘蛛

抱头痛哭,
却流不出眼泪。

大自然举起一面镜子。
一只燕子便是一整个夏天。
把分钟嘀嗒走
很容易,
但表针却留下不动。

来来回回!
来来回回,来来回回——
我唯一的安息所
是黑黄相间的黄鹂鸟
摇摆的巢!

佛罗伦萨

（给玛丽·麦卡锡）

我渴望墨水、
乌贼、四月、共产党人、
佛罗伦萨妓院——
所有的一切，甚至包括不列颠
仙女，出没于起伏的丘陵，
甚至包括寒战和发烧
一月一次
迫使我思考。
别处的苹果比这里的苹果更有人性，
但要很长时间，它耀眼的
金皮才会软化。

披着古董战甲的
马蹄铁螃蟹，多么脆弱啊！
熨斗一般从海底拖过，
剑矛似的黑骨尾
正好能让孩子一把捏住
甩到岸上。

呵佛罗伦萨，佛罗伦萨，

为可爱的暴君诛杀者提供庇护的女性!

那里,旧宫①的尖顶

刺穿天空,

像一支皮下注射器,

珀耳修斯、大卫、犹滴②,

圣血的国王、贵妇,

圣十字的希腊半神,

举剑一击,俯临

被斩怪兽

毛发拉碴、血肉模糊的

头颅,及其庞大身躯,

令人难堪的一大坨。

怜悯怪兽吧!

怜悯怪兽吧!

也许,一个人选择的总是错误的一边——

呵,认识并爱上

太多的大卫和犹滴!

我的心为了怪兽而流出黑血。

我看到了戈尔贡③。

她胸部硕大,无助的身体

---

① 旧宫(Old Palace)指的是佛罗伦萨市政厅(Palazzo Vecchio,意大利文,意为"旧宫")。
② 珀耳修斯,在希腊神话中是宙斯和凡人所生的英雄,斩杀了美杜莎,因为任何人被美杜莎的眼睛看到都会变成石头,珀耳修斯提着美杜莎的头,石化了很多敌人。大卫,古以色列的国王,斩下巨人歌利亚的头。犹滴是一个犹太寡妇,据《次经》记载,犹滴割下了敌军首领的头颅。
③ 戈尔贡,即蛇发女妖,希腊神话中有三个戈尔贡,美杜莎是其一。

致联邦死者　141

烂泥似的躺下，
渗出色情的恐怖。
眼珠斜视之下，暴君变成石头，
她被砍下的头，提在胜利者手中，
一摇一晃，恍若灯笼。

训 诫

再不会躺着读《德伯家的苔丝》了,
每当神秘的松鼠从高处,下小绿枝的雨,
击打我们的睡眠!

人们倾向于认为所有那些风景已死,
或已与我们同眠,认为我们自己已死,
或沉眠于我们的居处所处的这个时代,这个时刻。

同样的陈年足迹,被绿叶的缓冲垫承担,
同样的陈年波浪,被儿童船迎风切入,
我们停留在过去。我们过去也是啊!

也许树在夏的健忘症里,停止了生长;
让树脉动的时光,把根扎在地下——
至于夜晚?过去用来睡觉,现在也是同样。

哦,我年轻的夜被光线照亮窗户,
只要书还在图书馆躺着,
你从来不会灭灯,而是继续阅读。

伏牛花蕾挂在小篱笆上,
寒冷在手指上切开同样的疮,
同样的荆棘在伤害。叶子重申这个训诫。

往　者

他们全是灰白均匀的轮廓，
是不可再生的茨菇，从路边泥沼冒出。
或在眼角，充当费力不讨好的，
补缺者的角色。他们以前并非如此。

游廊上的苦蒿！单调的缝衣针
仍旧引着粗纱粉线，织成衣裙。
咬掉你一块手指的麝鼠，仍毛发蓬乱，
缩成一团，如游廊上的一记心跳——

那里有字纸篓，它学会在里面
装死，等待我们，有它恐惧中嚼碎的剩饭，
一路洒落的玉米屑，还有打包的木条箱
被它在逃脱的狂怒中咬碎。

他们的椅子有宗教权威，但拉上百叶窗，
（把窗户完全遮覆，仿佛渔网）
小折叠桌仍葱绿如叶，你将听到他们
坐在其后，喋喋不休地密谋，拍手。

休假，停滞的成长。但是在沉默中，

有些人松开腰带呼吸,有些人穿睡衣
四处游荡。保佑那些只穿袜子
没有任何保护措施的人们的信任吧。

沙子从沙漏之腰及燕子之尾坠落。
我们跟随他们投在小径上的恐枪的阴影——
那些往者!原谅他们的存在吧。
我们已停止观察他们。他们已停止观察。

眼睛与牙齿

我整只眼呈日落红,
有旧伤的角膜跳动着,
事物一片昏暗,
像透过没洗的金鱼眼球。

我整天躺在床上。
一根接一根不停地抽烟,熬过晚上,
学习如何在火柴擦亮的一瞬
缩手。

外面,夏雨,
慢炖的腐烂与更新,
下着针尖。
甚至新生活也是燃料。

眼睛在跳。
我的牙第一次深深陷入
球形门把手①,
没有什么能把房子移走。

---

① 这里是在形容作者犯病时的情景。

没有什么能移走
红房顶上那个腐烂的
三角斑，
一道雪松篱，或一道篱影。

鸟类手册中的纹腹鹰，
跗骨长着红棕的野牛毛，
那苦行僧的爪子
钳住抽象的帝国天空，

在它的注视下，没有轻松可言。
书中的标注：
以眼还眼
以牙还牙。

女人白花花的身体
在浴室里闪耀，锁孔和
望远镜后的男孩，没有
轻松可言。年纪轻轻的我，眼已昏黑。

什么都没有！没有油
润滑眼睛，没有任何东西
可以泼在水上、火焰上。
我累了。每个人都厌烦了我的动荡不安。

艾尔弗雷德·康宁·克拉克[①]
(1916—1961)

你每天睡前
读《纽约时报》,
如今讣告一栏干巴巴列出
你的一长串老婆,
但都不是新闻,
除了你给第六任的
九万五千美元的
订婚戒指。
可怜的家伙,有钱人,
你悠闲地耗费时光,
显出不合时宜的成熟,
四十五岁就死了。
可怜的艾尔·克拉克,
看着你放大的
几乎无法辨认的照片,
我感到痛。
那时你活着。现在你死了。

[①] 艾尔弗雷德·康宁·克拉克,是洛威尔的高中同学,胜家缝纫机创始人之一的曾孙,继承了大笔遗产,和第六任妻子阿丽莎结婚不到两个星期就死了。阿丽莎是个女演员,和许多名人有绯闻,包括小肯尼迪。

蝴蝶领结，深蓝色
上衣，嚼着
救命的薄荷糖、肉桂糖，
去除口腔异味。
肯定有什么东西——
什么品质，值得夸耀，
蕴含在你得意洋洋的羞怯中，
在你对一切努力的拒绝中，
在你前额那苍白、敏感的
凹陷所颤动的
智慧中。
你从没工作过，
那时还在上高三。
我亏欠你——
我当时迷惘，
你当时也厌倦，
爱笑、表情冷漠。
艾尔弗雷德，你唤起我心中的亲切；
在圣马可中学的方庭里，
我们不情愿的灵魂
在不合常规、
违反校规的棋局上团结。
通常你是胜者——
不动声色
如太阳下的蜥蜴。

儿童之歌

廉价的玩具灯
发出微微的光芒,
整夜,整夜,
陪伴肌肉痉挛的我。

有时我的手从小床
伸过去,触碰你的手,
我们手指交缠,
但没有一只手可以

带我回家——
没有一座加勒比之岛
甚至可以让鲨鱼
感到家的自在。

那一定是天堂。
在那座岛上,
白沙闪光,
如桦树火苗。

救我,把我锯成两半,

安放在架子上!
有时,小小的搅拌棒[①]
无法自立!

[①] 这里应该是一个双关,"搅拌棒"的原文"muddler"也有"糊涂人"的意思,那么,下一句"无法自立"(can't stand itself)便可以理解为"无法忍受自己"。

警句诗
（给汉娜·阿伦特[①]）

也许，想想列奥尼达斯[②]，还有温泉关的
重装步兵，在阳光下闪耀，
他们身心解脱，互相之间梳理波提切利[③]式的
金发——朋友加爱人，
新娘与新郎——
然后进入阵地，赴死。

[①] 汉娜·阿伦特（1906—1975），德国政治哲学家，海德格尔的学生，二战时流亡美国。
[②] 列奥尼达斯一世，公元前5世纪左右的斯巴达国王，率领300名斯巴达士兵，在温泉关抵御波斯几十万大军的进攻，全部战死。
[③] 波提切利（1445—1510），意大利文艺复兴早期的画家。斯巴达人上战场前有装饰头发的风俗。

法　律

在一条
或两条法规的管治下，
在战场上躺着不睡，
仍旧是睡……

周日早晨，
我常常突袭那些贴了告示的水库，
违反渔期
钓鲈鱼。

法规之外。
我在每一个弯曲处
都只看到大自然的单调反冲
造成的海岸线。

雷同。雷同。
然后忽然一下，
形成新陆地，虽然踏了脚印，
纯属人工景观。

一道诺曼式运河

穿过剃了须的绿草坪；
反光的黑水，拱起
粗岩小桥的悬空——

法规之外：
黑、灰、绿、蓝，
水、石、草、天，
每一块独一无二的垒石！

公众花园[1]

容光焕发,筋疲力尽,仍在燃烧,
恍如那年,你带着我,去我们常出没的地方。
城市及其巡行的汽车
环绕公众花园。一切都生机勃勃——
孩子们五点放学,推挤着回家,
把一只足球踢上天,在凝固的空气里翻滚,
水手和他们的皮卡,停在
拴了拉丁语吊牌的树下。
一群疲倦的天鹅船,划桨返回码头。
公园干燥起来。
落叶堆拢,压成一个球
躺在喷泉底部,那里,
四个石狮头呆视着,
吸吮断流的水龙头。夜
加深了。从桥拱上,我们看到
脱毛的绿头野鸭朝公园方向[2]游去,
在灯笼的光晕下转圈,把头扎进水里,
搜寻藏在泥浆里的什么。

---

[1] 洛威尔幼时住在波士顿公众花园附近(请参见前文《里维尔街91号》),与波士顿市民公园毗邻。
[2] 这里的公园指的应该是毗邻的波士顿市民公园。

这时，月亮，大地的朋友，再次升起，
它那么关心我们，却几乎什么都没关心——
永远的陌生人！我们散步时，
它像白垩一样
躺在水上。所有的东西都搁浅了。
还记得夏天吗？泡沫
在喷泉里汹涌，我们泼水。我们沉湎于
伊甸园，当耶和华的草茎里尔琴
以瑟瑟的乐音环绕我们，
而我们头下脚上，在落叶中
打着旋，汩汩地沉下去……
喷泉水从高处落下，绕着花园
流淌。没有任何东西着火。

罗利夫人①的悲叹

（1618年）

瓦尔特爵士，哦，哦，我自己的瓦尔特爵士——
阴郁的塔，以及附近童贞女王②的花园，
都已失去童贞，一去不返了……
暴君艺术鉴赏家那趾高气扬的步姿多么恐怖；
一颗橡实围着一圈绿橡叶，
舞上台阶，走近断头台，走近垫头板，
从一棵橡树诞生的杂种方板。很明显，很明显，
为了融合瓦尔特爵士的头，大西洋泛白，
那颗头仍在摇晃，以猩红的丝线包住，
像是在祈求下一次远渡重洋。远渡重洋？
罗盘针停止颤动，指向了恐怖。

---

① 瓦尔特·罗利爵士（1552—1618）是伊丽莎白一世的宠臣，几度被囚于伦敦塔，后被斩首。罗利两次远渡重洋去美洲的圭亚那探险，第二次探险时和当地的西班牙殖民者发生冲突，西班牙给英国施加压力，成为罗利被判死刑的导火索。罗利死后，头颅被交给了其夫人，传闻其夫人用一个天鹅绒袋子保存罗利的头，一直到死。
② 指伊丽莎白一世，伊丽莎白终身未婚，所以被称为童贞女王。

来来回回[1]

也许到过那种境地
才算地道,眼下
你可以懒洋洋地倚靠窗台[2],
像一对夫妇似的晒太阳,
看着下方的鸿沟——
如果你有那会儿工夫的话……

一步,两步,三步:
售卖热狗及可乐的吧台,
凡尔赛台阶,
清教徒雕像[3]——
如果你能这样穿过中央公园,

---

[1] 《圣经·约伯记》(1:7):"上帝问撒旦,你从哪里来,撒旦回答,在地球上来来回回而来,上上下下而来。"
[2] 根据弗兰克·比达特的注释,此诗的前一个版本题目是《给奈瓦尔或某个人》,由此可知这里的"你"指的是法国诗人奈瓦尔(1808—1855),奈瓦尔对普鲁斯特、布勒东产生过影响,揭开了超现实主义的序幕。后来在酒窖的窗台上吊自杀。第一节很有可能指的是奈瓦尔自杀的场景。后面的诗节是洛威尔的美国场景和奈瓦尔的法国场景的互相穿插。如果没有比达特的注释,读者很难搞懂这首诗的确指,这在洛威尔这两本诗集中是很少见的现象。
[3] 可能指的是纽约中央公园第72街入口处的清教徒雕像,由雕刻家约翰·沃德(1830—1910)创作于1885年。

致联邦死者 159

嘴里数着……

但胃肠在颤抖,
渡轮客舱如恶棍,给你施加痛苦,
来到对岸——痛苦,
没有救赎的受苦,
螺丝反方向的一拧。
但你也有短暂的机会

还魔鬼一个公平——
他和你
曾从神经那黑暗的
无意识肠道,把它挖出:
纯金,恶之根,
赋予白天以阴谋的阳光。

而如今?呵路西法!
多少次,你想着来一场风流韵事,
和那些法国姑娘、地中海
名人、玛利、末色、爱瑟丝①——
甚至更离谱,斯芬克斯!
那种移星换斗的爱

---

① 末色是奈瓦尔发明的女神的名字。奈瓦尔的《末色》是十四行组诗《喀迈拉》12首中的一首。爱瑟丝,古埃及女神的名字,和圣母玛利亚有神话学上的联系。奈瓦尔有一篇游记的题目叫作《爱瑟丝》。

也移动你!
让你来来回回,
上上下下——
如果你能从地球的束缚
挣脱,嘴里数着通往
绞索的脚步……

近视之夜

床,眼镜摘下,
对近视眼来说,一切摇摇欲坠,
斑驳,怪异,虽然
只是一英尺之遥。
     灯关后
还亮了一会儿才熄。这里
书名模糊,那里的书
封面是蓝山,是棕,是绿,
是田野,是某种纯色。
      这里
是出发区,
梦中之路。谁造了它,
却没标门牌号、名称和箭头。
他必须匆匆离开。

我看见
一个无趣、怪异的房间,
我学习用的斗室,
发白,被白水管提亮,
管子里是蒸汽……我听见
金属孤独的呼吸,

病人一般的咕噜声。
但我的眼睛避开
房间。没必要去看。
没必要知道,我希望
它空荡荡的、前述的白
会烧掉模糊,
此时,我的五官
咬紧牙关,思想缝合思想,
宛如穿过针眼……
我看到了启明星……

想到他在乐园里,
那个智慧之果,夏娃的
引诱者,充满人类的
堕落,充满征服的喜悦:
撒旦的耀武扬威
在乐园!一会儿,
所有令人目盲的亮光
变成了一条蛇,
奴颜婢膝地贴着地。

是什么扰乱了这个家?
一英尺之遥,
熟悉的脸模糊了。
年届五十,我们脆弱得
像一管羽毛……

归眼睛管的事到此为止。
夜光表盘上，
亮起一枚新月的绿码——
一、二、三、四、五、六！
我呼吸粗重，无法入睡。
然后早晨来了，
说："这就是夜。"

返 回

回家,回到这个遮风挡雨的小度假地,
我那一帮朋友
头全秃了,没有破产,
那些狗,还能从气味认得我……
二十年海市蜃楼,我重返
一个差不多死去的小镇。

久久漂在水中,
迎着海浪裂开自己,
触底,焦虑的海水亮起绿灯
催我走,我发现
我的枯竭,那世界之光。

没有比小镇主街更死寂的去处,
庄重的榆树害了病,与涂沥青的水泥
一起硬化,延续到冬天,
都不会再有出生、坠落,反抗的叶子。

但我记得它的繁茂时日,
在那轻信的日子,年轻的夏天,
每件事物都明明白白地生长出来,

虽然街上的树荫
已嫌太密,
就在这个身心奉献的祭台,
我遇见了你,
我短暂的肉体里渴欲的消逝。

那便是初生,
继承了我全部的时光,
每一次分杈,都是它做出牺牲——
它越长越绿,提供了太多的庇护。

如今,我返乡回家,
树皮尽脱的榆树沿街而立,如光杆。
自从上次离开,我长高了一英尺,
看不到脚上的灰尘。

但有时候,我抓住模糊的思绪,
它在呆滞的目光中转着,
无法为一个名字匹配脸,或为一张脸匹配名字,
每一步,
我都吓到了他们。他们跳起来,
耳朵竖起,头秃得像幼鸟。

饮　者

他在消磨时间——没别的。
第五瓶波旁下肚,也不顶用,
匆匆把酒瓶子扔进河里,
连瓶塞都没于水下。

捻灭早餐前的烟,
在床头桌上烫出一只只牛眼;
浴室里一只塑料平底杯的止痛片[①]
沸腾如香槟。

他的身体没用,鲸鱼体内
暖心的鲸脂,沉入大洋
万丈之深,奄奄一息地吐着白泡。
倒钩发炎。鱼线拉紧。

他寻找邻居,邻居的名字已在玻璃上模糊,
他转移视线,只看到玻璃天。
他的绝望有一种镀锌桶里

---

① 止痛片,即生物碱泡腾片,能缓解酒后头痛、胃痛,主要成分有阿司匹林、小苏打、无水柠檬酸。

抹布和水的镀锌之色。

曾经,她和他亲密无间
恰似水之于哑光金属。

他审视日历上她的活动安排。
一连串控诉。
翻看她那本被拇指捻黑的电话簿。
一个满是箭头的箭袋。

她的缺席嘶嘶作响,如蒸汽,
管道在唱歌……
甚至生锈的金属也在以某种方式发挥作用。
他用铁制的肺泡打鼾,

听到夏娃的请求,
要离开完美而乏味的泡沫乐园,
获得自由。没有声音
能盖过蛇的快乐而不完美的嘶鸣。

奶酪在捕鼠器上萎缩,
牛奶在玉米屑碗里凝冻,
车钥匙、剃须刀片
在烟灰缸里闪光。

他在消磨时间?外面街上,

两个骑警哒哒哒地穿过四月的雨,
检查超时停车违章——
他们鲜黄的防水衣,像连翘花。

霍 桑

沿着它懒散的主街闲荡,
从救济院到绞架山,
沿路坡面平缓,缺乏变化,
分布着一些木屋,
排水道发黄,像老狗不健康的
毛色,害房屋显了年纪。
在霍桑的萨勒姆,
你的行走将漫无目的。

我无法擦亮起了黑斑的银盘。

我来探访海关官员霍桑,
他的任务是给煤炭称重,其实主要还是为了保暖——
来探访矮小的黑帆船,
阴郁的南码头,
码头的桩基覆满冰的真菌。
在斯代特街,
教堂尖顶上闪光的钟表
计量厌倦的时间,
职业表针那无情的行进。

有时，甚至这个害羞、
多疑的自我，也走在炽烈的房顶上，
感受那些闪电
把大脑释放的细胞流灼黑。

看看这些面容——
朗费罗、洛威尔、霍尔姆斯、惠蒂埃[①]！
研究他们灰白的胡须。
然而霍桑的肖像
有着一把发黄的胡子，
和卡斯特将军[②]的金头皮。
他看起来像内战军官。
他在壁炉的火光中闪烁。火光
微微染红他幸存者的强笑。

如果留给他一点安静的时间，
你就会看到他的头
垂下，沉思，再沉思，
双眼盯着某片碎屑、某块石头、
某棵普通的植物，最普通的
事物，一动不动，

[①] 这里列出的四位都是"炉边诗人"的成员。其中朗费罗是霍桑的大学同学，曾是霍桑的邻居。这里的洛威尔指的是詹姆斯·卢梭·洛威尔，是本书作者的先祖。
[②] 卡斯特将军指的是乔治·卡斯特（1839—1876），美国军官，在战场上被印第安人击中身亡。印第安人一般会把敌人尸体上有象征意义的部位割掉，比如头皮。

好像那才是线索。
不安的双眼从
对真实、卑微之物的沉思
所陷入的诡秘、挫败、不满中
抬起。

乔纳森·爱德华兹[①]在马萨诸塞州西部

爱德华兹的大磨石和希望之岩
已经破碎,但他的牧众
方方正正的白屋
还在寒冷的

空地站立,
仿佛出圈的绵羊。
希望住在怀疑之中。
信念,企图不靠信念

而存在。在马萨诸塞州西部,
我几乎可以感到,边疆
在分裂、消失。
爱德华兹认为世界将结束于此。

我们知道世界如何结束,
但天堂在哪儿,每过一天,
距离清教徒离开英格兰的忧郁

---

① 乔纳森·爱德华兹(1703—1758),美国18世纪著名的神学家,是洛威尔母亲一系的远祖。洛威尔年轻的时候对爱德华兹很感兴趣,一度想为他写一部传记,未果。

和应许之地①就越远。

若有上帝在,
难道乡下小屋
便不能媲美白厅②?
他生活得如此高贵。

园子如此设计,
花儿的呼吸,飘在风中
或在脚下粉碎,来去
不能媲美鸟的鸣啭?

培根拒绝出售
他的大橡树园,
他在倒下时
说:"为何必须卖我的羽毛?"

哦天堂!爱德华兹,
在那里见到你,
作为一个影子,我应会害怕。
我们绕的是不同的圆。

---

① 应许之地(Promised Land),《圣经·创世纪》中上帝应许给亚伯拉罕及其子孙的土地。
② 白厅指的是伦敦西敏寺附近的英国政府中枢区,是英国政府的代名词。

还是小男孩的你
在沼泽里造了一座祷告用的亭子；
你仰面朝天躺着
看蜘蛛飞翔，

它们悠闲地晒太阳，
从一棵树，游到另一棵——
那么高，像钉在天空。
你知道它们会死。

可怜的乡下贝克莱①，上了耶鲁，
世界在你眼里是灵魂，
是神的灵魂！是萨拉·皮埃尔庞特②的
灵魂！

心怀对伟大存在的喜悦，
她几乎对任何事都不挂怀——
在田野里散步，甜蜜地歌唱，
和某个看不见的人对话。

上帝的爱因此通过太阳、月亮、星辰而闪耀，

---

① 贝克莱（1685—1753），爱尔兰哲学家。贝克莱曾经把自己的藏书和庄园捐赠给耶鲁。爱德华兹12岁进耶鲁大学学习。洛威尔把爱德华兹比作"乡下贝克莱"，应该是因为爱德华兹和贝克莱，一般而论，都是观念论者。
② 萨拉·皮埃尔庞特（1710—1758），爱德华兹的妻子，是耶鲁学院的创始人之女。萨拉是一个开朗外向的人，没有杂念，虔信上帝，据说爱德华兹经常从她那里得到宗教的灵感。

在地球，在水面，
在空气中，在微风中，
常使你的心灵得到莫大的安宁。

她经常看到你骑马或散步之后
回家，你的外衣点缀着思想，
那是你别在衣服上的
一片片小纸条。

你给了她
庞培，一个黑人奴隶，
还有十一个孩子。
但是，在你的高光时刻，

大觉醒运动①中，
人们都是蜘蛛②——"啊，就在
这间会堂里，多少人下了地狱之后
仍会记得我的布道词！"

那间会堂记得！
你站到空中的高跷上，
但却在你的教区里跌倒。

---

① 大觉醒运动，美国基督教复兴运动，第一次大觉醒运动发生于1730—1740年，乔纳森·爱德华兹是倡导者。
② 爱德华兹11岁的时候写过关于蜘蛛的科学论文，他后来虽然成了神学家，但一直保持着对科学的兴趣。

"所有上升都经由一段曲折的阶梯。"

去北安普顿朝圣的路上,
我没发现什么遗迹,
除了一段橡树桩,圆的,
据说是你亲手所植。

它断面颜色新鲜,
一件普通的易燃物,
唯一的功用就是燃烧。
你肯定也曾绿过。

白假发,抑或黑衣,
全都是从一块布裁出,
仿照你的思想
设计!

我喜欢你最后的
淡去、衰老、放逐,还有害怕,
害怕离开最后的牧众,
十几个胡萨托尼克印第安儿童;

害怕离开
你的写作,写作,写作,
在其中否定自由意志。
害怕成为普林斯顿的

校长，你写道：
"我的缺点众所周知；
我有一种特殊的
不快乐的体质：

软弱无力的固体，
乏味、女人气、稀薄的液体，
造成一种孩子气的虚弱，
一种精神的低潮。

我受人鄙视，
僵化无趣。

我为什么要把
愉悦和消遣，那些占据了
我的大脑的研究
弃置身后?"

第十缪斯

哦,第十缪斯,我中心所感的斯洛斯①,
最亲爱的,如今,你多少次降临我的床前,
薄如画布,你那红白相间、桌布似的
方格裙铺开,仿佛我的尸衣!

是的,是的,我应该记得
骑驴下山的摩西,他记下
古老的律法,古老的错谬,
装进袋子,刻在我们无法承受、
无法打破的石头上。

未拆的信件,如恶意之潮
涌来,总是太晚才冲刷上岸,
等待,等待从中找出一个答案,
而同时,随着事实和抽象的累积,
信纸上的签名一点点褪色——

我会想象,在罗德②的时代,

---

① 斯洛斯(sloth),意为惰性。
② 罗德,亚伯拉罕的侄子,上帝毁灭蛾摩拉和索多玛的时候,只有罗德一家逃出,见《圣经·创世纪》。

事情肯定要更简单一些，
希腊和罗马的绘本神也是同样，
他们坐下梳理金胡须，每个神都有
一座山或山系，作为私人领地。

但我推测，甚至上帝的诞生
也嫌太迟，因此无法信任老式宗教——
所有那些开端
从未离开过地面，
始于智慧，终于怀疑①。

---

① 这句话很可能是洛威尔对弗罗斯特一句关于诗的名言"始于欢乐，终于智慧"的戏仿。

新古典之瓮

我挠头,发现一只龟壳
顶在棍子上,
每根头发
都跑着电流,精力旺盛
而抖擞。泡沫
带动马达,永远有一个目的可奔……
可怜的头!
曾经,它鳞峋的颅骨嗡嗡响,
当我冲过柱廊般
漂白的松树,它们圆柱状的躯干间
枝叶全被砍去。休息!
我无法休息。一个铸石的
宁芙雕像,我遍抚她的曼妙曲线后离开①,
她高耸的腋窝和一边裸乳,
被雨打得灰白,在树荫下继续灰白,
而在阳光下,以前曾是小路的沟渠里,

---

① 这个句子比较费解(原文:At full run on the curve, I left the caste stone statue of a nymph.)。如果匆匆读过,会不假思索地理解为:我全速奔过弯道,离开了一个铸石的宁芙雕像。英语中有批评家是如此理解的,初稿我也是如此翻译的,但总觉得有些勉强。反复思考之后,改成现在这个翻译。不管是从文法方面,还是逻辑的连贯性方面,感觉这样理解似乎更讲得通。

我来回腾挪于两个沼泽①之间,
两架苔网之间,死去的原木断面
刻画的龟,被我攫走。
在那快乐的季节,
我收获的龟
有三十三头之多,
扑通,扔进我们的花园之瓮,
像银行里的钱,
叮叮当当,
龟踏龟,
喂食了大量的生肉杂烩……

哦新古典的白瓮,哦宁芙,
哦鲁特琴!男孩弹奏它们的
哀歌,毫无怜悯之心,
随着岁月推移,
龟上升,
一冒出腐坏的渣滓表面
便死去——软弱的头和腿,痛苦地
缩成一团。什么痛苦?龟是空无。
不优雅,不思考,甚至
不比我必须拍死的蚊子有更多的自由意志——

---

① "两个沼泽"的具体所指很难讲,我这里提出一个猜想供读者参考:洛威尔 1948 年也就是 31 岁的时候和第一任妻子简·斯塔福德离婚,1949 年,也就是 32 岁的时候和伊丽莎白·哈德威克结婚;而下文提到作者此时 33 岁,也就是 1950 年。也许"两个沼泽"分别指简和伊丽莎白?

空无！龟！我挠着头，
亦即那个龟壳，
呼吸它们的死亡之味，
还能看到它们中最后的幸存者，
驼背，一瘸一拐，穿过灰白的草茎。

卡利古拉[1]

我的同名者,"小靴子"卡利古拉,
你让我失望。告诉我,若是我们在学校
相遇,我做什么才能让我像你?
我得了你的名字——可怜的怪物、宠坏的傻瓜,
我的王子,我年轻幼稚,是你的删节本!
你真实的脸冲我冷笑,刻薄、瘦削、狰狞,
从这枚生锈的罗马勋章,
我看到自己最浅陋的可能性。

从你的生活能打捞出什么呢?
一种痛苦,轻轻地笼罩了心脏和大脑,
一个仙女的影响,一蛛网的痛,
让我如今在你的生存权面前颤抖。
我重历你的最后一晚。无眠的逃亡者,
你的紫床单与皇家鹰饰
变得如此熟悉,家的温馨。你尊贵的手

---

[1] 卡利古拉是罗马帝国的第三任皇帝盖乌斯·恺撒·奥古斯都·日耳曼尼库斯(公元31—41年在任)的外号,本义是"小靴子"。卡利古拉是有名的暴君,以荒淫无耻著称,最后被一些卫兵和议员用刀刺杀。洛威尔小时候是个惹是生非、欺负同学的坏孩子,得了"卡利古拉"的外号,简称卡尔。

接纳我的手。你掰我的手腕,
堪比扼喉者的一拧,把我的筋腱拉断……
你的目光越过无比漫长的石廊,
神的雕像回应你的目光。
你为什么砸碎雕像的脑袋,换上你的?
你听到全家呼吸粗重,匍匐在地,
你列举自己的特征——古老的助眠术!
第一:你多毛的躯干,制作粗劣,
头顶无发,比你的大理石版头颅光滑;
第二:眼窝空洞,脑穹空洞,
红润的脸颊,抹了一层粗胭脂,细腿,
手一摸潮湿的袖子,便留下一道蜗牛般黏糊糊的印记……
一只没有手敢握的手……细鼻梁,细脖子——
你希望罗马人只有一个脖子!
小东西,你在哪里?孩子,你吃手指,
睡不着觉,除非把那些麻木、愚钝、能凑满
一个动物园的玩具,满抱在怀。
那么,在你为你的玩耍戴上死亡面具之前,
便有了抚爱你的理由。
孩子,静静地躺着,手指紧扣,什么
都别祈祷!想想吧,甚至在最后,
好梦仍是忠诚的。你不会背叛任何朋友,
既然如今再没动物共享你的床铺。
什么都别想!……然而,阿多尼斯之神
浑身是血,躺在你身边,强迫你脱衣。
你感到他被刺穿的大腿,冲撞你的臀部。

你的大脑燃烧，你是神，一千种计划
滋滋地左冲右突。你狂喜，
不由得乱舞，召集你的仆人
为神的死亡做出安排。你祭拜你的伟大变化，
洗了冷水浴，摇着你的生殖器官
直到它们萎缩为大理石……

        为了
你的角斗场而养肥的动物，也没你
死得那么痛苦——你的死
是某种简单之事，失法后的无法，
我的同名者，最后的卡利古拉①。

---

① "最后的卡利古拉"（the last Caligula）有多重含义。除了字面意义，也可以理解为"最近的卡利古拉"（那么就是作者自己了）、"临终的卡利古拉"、"最残暴的卡利古拉"（后无来者）等。

割下的头颅

鞋子脱下,领带解开,
随处捕捉我想要的蝴蝶,乱飞而不得,
任乡愁淹没自己。厌倦了
用铅笔给更黑暗的章节画线,
任沉闷的《圣经》脱手,砸向地板。
我的房子正变成一个失落的地址,
门牌号如马蹄铁脱落,
那里有人搭了脚手架,把钉子
楔进门板。我听见他往里倾泥灰
补洞,我一边打呼噜,
一边盯着木制枝形吊灯,长有节疤的木头呈暗棕色,
被一根绳子吊着,切割寂静。
太阳斜射,快要下山,
每一枝都像撑袜器,切入
一头爪子朝上的狮鹫。
爪子上随处可见暗金的凹陷。
进入我想象的是一只蜘蛛蟹,给了我
一点微弱的在房间里活下去的机会。
关闭的窗户陷入坚实的墙壁。
我憋了最后一口清新的氧气,
等着枝形吊灯掉落,

乱舞的触手抓向我的颈动脉。然而，
一个拿手稿的男人走向我，
用笔潦草地勾勒最后的修改，
却没在页面留下痕迹，
只在我们身上滴下一点红墨水，
当他把一段剪下的塑料管
插入他心脏吸血时。他的手摸了摸
我的手，癞蛤蟆似的歇在上面
不动，舒适、无助、黏糊糊，
虽然他的血管跳得简直要爆。
他的外套，经过野蛮的洗刷、熨烫，
一只袖子比衬衫短，露出
一颗玻璃质的纽扣，内嵌一只
蝴蝶。对于他没法做出合适的描述，
但我看到他眼球的清汤
和他毛楂楂的胡子同一颜色，
太棕黄，太茂密，像是从蓄胡时代
剽窃来的。每根眼睫毛
都滚雪球似的凝一滴泪。忽然
他狂摇书页，撕成碎片，在愤怒中
用熨斗又折又压。

"有时我问自己，我是否存在。"
他自言自语，我看到一面玻璃砸下，
只差几英寸，堪堪错过，
没有把我们切成两半，草绿的水

在其后冲刷玻璃，拼命拍打的鱼儿
大口喘气，如海蝶。一大群
影子如飞蛾跟随它们，模糊的
触手，渴欲一滴生命之水，
以平静的惰性挣扎着。这时，我听到
我的朋友掏出一把生锈的折刀，
把纸切成四四方方的一叠，
堆出他前妻的身形：
方头、方脚、方手、方乳、方背。

他离开了我。灯光渐暗，
我读着《圣经》，直到书页变黑。
雅亿[①]那悲悯、残忍、面团似的脸
看着我，露出悲哀的惰性，我正读到——
雅亿用锤子砸啊，砸啊，把钉子
砸进偶像崇拜者希色拉动弹不了的头。

她叠好的衣服就枕在我的头下。

---

① 雅亿，《希伯来圣经》中以色列的女英雄，她把一枚钉子钉进敌军首领希色拉的头颅。

阿尔卑斯山外[①]

("阿尔卑斯山外是意大利",拿破仑,1797年)

(从罗马开往巴黎的火车上。1950,派厄斯十二世宣布圣母升天的那一年。)

瑞士人再次扔了海绵,
珠穆朗玛却还是没被征服,读到这儿时,
我看到我们的巴黎卧车
缓缓如月,穿过阿尔卑斯的休耕雪——
哦,美轮美奂的罗马!我看到
列车员一个个身体前倾,踮脚打铃。
人类一变而为景观。离开神之城,
将它留在身后所属之地,实非我之所愿。
那里,脂粉狂墨索里尼展开
恺撒的鹰纛。他,不过是我们中的
一员,纯粹的散文。我嫉妒
我们的祖父辈招摇过市、浪费生命的环游——
长发的维多利亚智者们,从信托基金提钱

[①] 此诗最初发表于《肯庸评论》,收入《生活研究》时经过了大幅删改。洛威尔听取诗人贝里曼的建议,恢复了关于"奥维德"的一节。其他地方也略有不同,包括字句和标点符号,比如第一节,"人类一变而为景观",在《生活研究》中是"生活一变而为景观"。

周游世界，飘然之际接受了宇宙。

梵蒂冈宣布玛丽灵肉升天之时，
圣彼得大教堂的人群高呼"圣父"！
教皇连忙扔下刮胡须的镜子，
侧耳细听。电动剃须刀嗡嗡响，
托在左手的宠物金丝雀，叽喳个不停。
科学的灯光不啻萤火之微，
相比升天的玛丽，辉煌如一只林鸟！
但谁还相信这个？谁还懂得这个？
朝圣者仍旧亲吻圣彼得的黄铜草鞋。
被私刑处死的领袖，光秃秃的头颅被靴子踢扁，还在说话。
上帝牧放子民领受仁慈的一击——
哦派厄斯，盛装的瑞士卫兵们，长矛斜举。
从怪兽般推涌的教众间挤出一条通道……

我想到了奥维德①。因为在恺撒②的眼里，

---

① 奥维德（公元前43—公元约17），古罗马大诗人，被恺撒流放到黑海，原因不详，有说法称是因为奥维德曾和奥古斯都的女儿通奸。很明显，洛威尔采用了这个说法，所以称呼奥维德为偷腥的"雄猫"，此节末尾也借奥维德之口明确说他与奥古斯都的女儿在一起。洛威尔在此可能犯了一个错误，奥古斯都的女儿茱莉亚10年前即已流放，应该不可能和奥维德在一起过，和奥维德可能有关系的应该是她的女儿（也叫茱莉亚），亦即奥古斯都的孙女，小茱莉亚也被流放，大约和奥维德的流放发生于同一时期。
② 这里的恺撒应该指的是屋大维，罗马帝国的首任皇帝，因为屋大维继承了其继父恺撒的名字，后世为了区分，称呼他为屋大维或奥古斯都。

致联邦死者　191

那个雄猫拥有兽的数目①,
如今,在土耳其面朝红色东方的地区,
两度被猛攻的克里米亚海湾②,他哭诉道:
"罗马想要诗人降临。在她的请求下
出了卢侃、塔西佗、尤维纳利斯③,
这些黑色的共和国民,把母亲狼④的
乳头和肠子撕成了碎屑——
接下来,变态狂和士兵在恺撒的

---

① 《圣经·启示录》(13:18):"凡有聪明的,可以算计兽的数目,因为这是人的数目。它的数目是六百六十六。"(和合本)
② 洛威尔不情愿地离开罗马,自叹命运,所以想到从罗马流放到黑海的奥维德。另外,奥维德被流放的地点是托米斯,位于黑海西岸,即今天的罗马尼亚康斯坦察。但是俄国人从普希金开始到曼德尔斯塔姆,都把奥维德的流放地混淆为黑海北岸的克里米亚。洛威尔翻译过曼德尔斯塔姆,有可能接受了曼氏的说法。克里米亚历史上发生过无数次战争。本诗写作于20世纪50年代,背景是1954年克里米亚被苏联移交到乌克兰名下,并没有发生战争,据此推断,洛威尔说的"两次被猛攻"当在此前。第一次可能指的是纳粹德国占领克里米亚,第二次是后来被苏联重新夺取的战役;或者,二战期间的攻守算第一次,苏联内战时期白军和红军在克里米亚的拉锯战算第二次。
③ 卢侃(39—65),古罗马诗人。塔西佗(约55—约120),古罗马历史学家。尤维纳利斯(约60—约140),古罗马诗人。黑色的共和国民指的是上述三位罗马诗人,但为什么称其为"黑色",颇为费解。且强解之如下:后世研究者把塔西佗的政治谕旨总结为两种:红色塔西佗,指的是坚持共和理想却徒劳无功的人;黑色塔西佗,指的是马基雅维利式的人,即愿意与暴君周旋,做出妥协而贯彻自己政治意图的人,也就是中国传统所谓的君子豹变。这三位诗人生活在罗马帝国时代,他们赞美的共和已经是过去式,所以是"黑色"的,因为他们都必须在帝制下妥协求存。
④ 传说古罗马的创建者罗穆罗斯幼时曾被母狼喂养,所以母狼成为罗马王政时期的图腾崇拜。母狼被撕为碎片是象征性的说法。上述三位诗人是共和体制的支持者,却生活在帝国、僭主时代,所以借否定王政表达对当时僭主政治的不满。

被挽救的泥沼上,挥舞着帝国的权杖①……
帝国的台伯河,哦我的黄狗,
罗马领地,黑海之滨的黑土带,
我和神亦即领袖奥古斯都的对男人痴迷的
女儿在一起。我永远不会死亡②。"

爬坡的火车来到平地。
厌倦了轮子呼哧呼哧的抱怨,
那个眼眶湿润的自我平躺,在我的铺位上蹬来踢去,
看到阿波罗的脚踝穿过晨光的大腿
植入坚实的大地——
每座一闪而过的废弃之巅,都是一座巴台农神殿,
宛若独眼巨人被太阳之火灼黑的眼窝……
那样的高度曾由希腊掌管,
不接受任何门票,有女神屹立其上,
王子、教皇、哲学家及金枝,
镰刀般劈风斩浪的舰首上纯粹的意志和杀戮——
大脑流产诞下的密涅瓦。

如今,巴黎作为我们的黑色经典,分崩离析,
好像伊特鲁里亚人杯器上那些屠戮成性的国王。

---

① 这一句比较费解,确切意义待考。奥古斯都派重兵镇压德国蛮族,但被后者包围在一个大沼泽上,全军覆没,不知道和此句有没有关联。
② 奥维德的名著《变形记》最后一句是:"我将永存。"洛威尔明显借用了这句话,但改写为否定式。

七月在华盛顿

这个轮子伸出僵硬的辐条①
碰到大地的痛处。

波托马克河②上,天鹅白的
动力舢板,搏击硫黄味的浪。

水獭滑行,扎入水下,毛发顺滑,
浣熊在溪水中洗肉。

转盘里,绿色雕像好像骑马的南美解放者③
矗立于蕃息的植被——
那些叉尖、枪头,属于某个

---

① 轮子和辐条应该指的是华盛顿的城市设计:以国会大厦为中心(轮子),道路向外辐射出去(辐条),与正东正西、正南正北的网格路交叉的地方,设有转盘和街心花园;每个转盘也作为小中心,向外辐射各自的道路。可以进一步把轮子象征性地理解为美国的权力中心,那么辐条指的是美国当时的世界影响力。
② 流经美国首都华盛顿的一条河流。
③ 洛威尔见到华盛顿的街心雕像,联想到自己去阿根廷的往事。据说洛威尔访问布宜诺斯艾利斯的时候犯病,认为自己是阿根廷的恺撒,一见到街心花园里的骑马将军雕像,便脱下衣服爬到马上和将军并骑,因此被送到当地的精神病院(但也有不同的说法:洛威尔是在博尔赫斯家中访问的时候,因骚扰女性而被送去精神病院)。

将要继承全球所有权的赤道腹地之国。

选民,当选人……他们来此,亮闪闪如一角硬币,
死去时却憔悴、虚弱。

我们叫不出他们的名字,算不出他们所剩的时日——
一环套一环,如一棵树的年轮——

但我们希望河水有另外一个彼岸,
某座绵延更远,令人喜悦的山,

远山扑了蓝粉,如姑娘的眼影。
似乎只需以最小的力推一下,我们便能到达那里,

而不再受我们控制的身体
只需最少的一点不情愿,就能把我们拽回来。

布宜诺斯艾利斯

我所住的"大陆旅馆"
方圆一千英里没有别的城市,
我听到
畜群粗重的呼哧。

牛为我提供新装:
松软的软皮栗色上衣,
夹伤脚趾的
尖头鞋。

一种世纪末的虚情假意
打着鼾,沿着棚屋区撒播,
俯临布宜诺斯艾利斯,
一座迷失于潘帕斯草原的城市。

我整天都在看那些面色阴沉、
自相残杀的将军——棋盘上的面团
肿块——发动的报纸政变,
却从来没见过他们逆行的坦克。

在共和国烈士墓间行走,

苍松林立,阳光明媚,
数百个单间的罗马式宫殿
搂住各自的新古典祭台。

平庸的半身纪念像
保存了那些战士官僚
布满盘扣的上衣
与夸张、深皱的额头。

一百个大理石女神
倚在她们的黄铜门口的哭态
像柳树。我柔软的手掌,撮成杯状,
罩在她们一个个坚实的乳房上。

我喝醉了酒,脑子不清,
翌日清晨,我的呼吸染白了
冬日的空气,布宜诺斯艾利斯
挤满戴硬领、皱眉头的人。

掉落南方：巴西

穿着虫蛀的袍子，走啊走，
一个手指塞出口袋里的破洞，
我穿过阅览室，遇见我的灵魂，
它驼着背，打着转，沿着彩色地球仪坠落。
海洋仍是那个老大西洋，
波浪始于碧绿，碎为白沫，而后消退，
如今比空气还暖和。但那里
竖了红旗，禁止我们游泳。无人游泳。
一种不法的轻柔。金发拉丁女，
两片布，被太阳晒得熟透了，
一条胳膊当枕头，独自睡觉。
没有竞争者。只有一只球
被一圈男孩子顶来顶去，滞留空中，
而内地，人们饥饿、罢工、死去——
不幸的美洲，呵忧郁的热带！
每天晚上，在潮水冲刷的凹陷中，
玛库巴点蜡烛追求**叶玛亚**[①]，
高挑白皙的海贞女，长着鱼尾，

[①] 玛库巴，葡萄牙语，是对16世纪到19世纪西非、中非黑奴带到巴西等南美国家的各种宗教的混称。叶玛亚，约鲁巴教的水神，创世神，经常被描绘为美人鱼，也融合了基督教的贞女玛利亚等的形象。

配饰马蹄莲①，好像尸体，
身穿白色睡袍，在大海上行走。"我在坠落。
圣玛利亚，请为我祈祷，我想停下，
但找不到地图上的踏脚点，
如今我坠着，坠着，身体弯曲，激烈挣扎，
我脚踩大街，爆发惊雷。"

---

① 马蹄莲在西方文化中有很多象征意义，最普遍的一个象征是圣母玛利亚，另外一个象征是基督复活。

软 木①
(给哈莉特·温斯洛②)

  有时候,我想象
  海豹肯定和吉卜赛学者③一样长寿。
  即使关在动物园铁栅栏围住的水塘里,它们也是快乐的,
  没有意志的那一下瑟缩,
  向日葵就不会以更微妙的转动
  跟随太阳。

  缅因州也是,事物永远在风中弯曲。
  两年后重来,一个人必须习惯于
  刷漆的软木仍干净、鲜亮,
  习惯于风穿过窗帘、透过纱窗,
  携着一股盐和常青树味,
  把一道全白的墙吹得更白。
  刺柏的绿果,泼溅晶亮的杜松子酒,

---

① 软木在这里指的是房子的地板材料。
② 哈莉特·温斯洛(1882—1964),是洛威尔母亲一方的亲戚,和洛威尔很亲近,洛威尔写作此诗的时候她已瘫痪多年。哈莉特死后,洛威尔继承了诗中提到的她在缅因州的房子。洛威尔五六十年代经常在这里避暑,《奥鼬时刻》所提到的瑙提勒斯岛就在附近。洛威尔和第二任妻子伊丽莎白·哈德威克离婚后,把房子转到了哈德威克的名下。
③ 英国诗人马修·阿诺德(1822—1888)有一首诗叫《吉卜赛学者》。

甚至浴缸里的热水
也不仅仅是水,
它富含泡沫,
有刮洗、治愈功用的
不可限量的盐。

这里,事物持久,但有时,
好多天里,只有孩子更适于照料孩子,
毫无方向感的狂风
不具功用,亦无灵感。
船长们的房子
所刷的新漆覆盖更软的木头。

他们的横帆船之白
曾遍染地球四极,
但占有者很少能熬过被占有者的生存期,
即使后者曾被他们翘弯、糟蹋,
而知道这个事实并不提供任何慰藉。
蜕皮无法给异体再穿。

但夏日嬗替,
一队队吼叫的海豹仍将从我的窗下经过。
这样的季节里
每天都是朋友也许死、定将死的日子。
老年人比年轻人
生命更短,这是肯定的。

哈莉特·温斯洛,房子的主人,
对我来说,比母亲还要意味着更多。
我想起远在华盛顿的你,
呼吸着热浪
和空调冷气,心中明白
麻木一条神经的药,会挑起另一条神经的痛苦。

纽约 1962：片段①

(给 E. H. L.②)

> 这也许就是大自然——二十层高，
> 两个水箱，棕色的屋瓦，
> 被牧场铁丝网的紧身胸衣圈起来，
> 我俩床靠床，一间斗室，躺着
> 凝视以太的水晶球，
> 天，上去是天，再上去还是，直到死亡——
> 我的心停止跳动……
> 这也许就是天堂。多年前，
> 我们的目标值较低，勉强购置了
> 一幅画，风格当时不讨喜，现在讨喜了，
> 画了七枝水仙。我们看水仙盛开：
> 毛茛黄的是花朵，绿的
> 是茎干，像新画的一样，风在它们上面吹，
> 榆树枝干鼓胀胀的，像宽松的女式罩衫，
> 溽暑的呼吸蒸晕了
> 在树根里挖洞的白蚁……

---

① 1962 年 2 月美国人约翰·格伦成为环绕地球轨道飞行的第一人。10 月 22 日，美苏之间爆发古巴导弹危机，人类面临核毁灭。这首诗的末日情绪也许与这两件大事有关。
② E. H. L. 是洛威尔的第二任妻子 Elizabeth Hardwick Lowell 的首字母简称。

仍旧在我们上方，被括号悬置的
这一窝大黄蜂吸尽烟火，
仍旧在我们上方，是我们的呼吸，
在末端吞吐不定，
下方，我们俩，二合一的那滴水
被一针头的血注入活力，
升、升、升、升、升，
迅即射出，迅即进入的满溢
使得下面的木马，埋头苦干起来①。

---

① 这最后9句很费解，取决于木马的所指（床、电梯、水箱），意思完全不同。如果是床，那么可能是在描写吸毒后的状态；如果是电梯（纽约当时还有很多木电梯），那么可能是在描述两个人乘电梯上来的情景；如果是水箱（纽约建筑的屋顶很多都是木制水箱），也可以解释，但太勉强了。这里基本按照第一个可能翻译的，在幻觉状态中，两个人不断上升，好像被针管推上去那样，一直升到一个宣泄的溢口才流出来，下方的世界便像一架木马，动了起来。还有一个字面意义上的解释可能，木马指的是榆树根部的白蚁，我们呼吸凝结的水汽，像大黄蜂，掉落下来，滋养了下方的白蚁。

瑕　疵[①]

　　一头海豹如卷毛狗,游过
　　大片耀眼的盐水。乡下墓地,
　　这里一块岩石,那里一株松树,
　　依靠汽油的本质搏动。
　　某种刺[②],或眼疾,在热气中震颤,
　　又细又黑,如发丝——

　　绞索,抑或问题?都有可能;
　　如果有自由意志,那么就是某种如这根发丝的东西,
　　在我眼睛内,或者外,但却是自由的,
　　如恩典,没有空气依托,如果仁慈的上帝……是我看到的。
　　我们的身体颤抖。在窸窣的空气里,
　　一切皆有可能,一切皆不可逆料。

---

① 洛威尔1963年10月在纽约的古根海姆博物馆朗诵会上,解释说这首诗写的是一种眼疾,由于色素偏差,看到眼前有飞点,轨迹不规则,好像不可控的原子,似有一种自由意志。

② 刺(mote),《圣经·马太福音》(7:3—7:5):"为什么看见你弟兄眼中有刺,却不想自己眼中有梁木呢?"(和合本)。mote其实也可以译为"微尘""沙砾",一切细小的东西。洛威尔用mote唤起《圣经》的隐喻,给单纯的夫妻关系引入了深层背景。夫妻双方的紧张对立,互相指责,从道德上讲是可以避免的,但又好像是命运的必然,而讽刺的是,控制命运的又是某种自由意志。

多年的夫妻！看吧，他们的墓碑上
名字成双成对，日期还差一半——
一个应在未来，一个已获自由。一闪念中，
我看到我们变成白骨，
我们饥渴的尖叫，一对墓石①，
如鲨鱼的鳍，切过无际无垠的涡流。

两张走动的蛛网，几乎没有实体，
在此擦肩而过，维持一个家，躺在各自的床上。
曾经，你的指甲尖触到我的指甲尖，
刺痛感，闪过一千道经纬。
可怜的脉动的*游园会*！夏天从我们的指间
漏过，进入虚无。

当热浪从我们身体上滚过，
我们也向前倾身，趋于麻木，
准备变小，蜷入灵魂，
两根刺或眼疾，不可见之物……
绝望者的希望启动，乘着
给出最终礼物的伟大瑕疵，随波逐流。

亲爱的、屈身为问号的影子，
你怎样才能在黑暗中听到我的回答？

---

① 按照风俗，夫妻可以分享同一个墓碑，后死的一方日期是空的，死后再补刻，所以上文说"名字成双成对，日期还差一半"。洛威尔在这里想象的是一对墓碑，而不是双人墓碑，多少可见他对自己和第二任妻子伊丽莎白·哈德威克的未来的估计。

夜 汗

工作台,垃圾,书,落地台灯,
普通之物,因故障而熄火的装备,老扫帚——
但这是一个整洁的房间,
我感到那种潮湿悄悄爬过
睡衣的枯萎的白,已有十个晚上……
甜蜜之盐给我全身施涂油礼,一头是汗,
一切都在流动,告诉我这是对的;
我发烧的生活浸透了夜汗——
一个生活,一种写作!但生存的下滑
及偏执,把我们拧干——
在我体内永远是一个死去的孩子,
在我体内永远是他去死的意愿——
一个宇宙,一具身体……在这个瓮中,
精神的动物性夜汗在燃烧。

你来到我身后!我再一次感到光
照亮我沉重如铅的眼睑,而那些灰颅马
为了夜晚的煤灰而嘶鸣。
我斑驳于日光的斑驳,
一堆颤抖的、皱巴巴的湿衣,
我看到光洗涤我的肉体和寝具,

我的孩子爆炸为火药，
我的妻子……你的轻盈改变了一切，
从蜘蛛的兜里扯掉了黑网，
当你的心野兔似的一蹦一跳的时候。
可怜的海龟、乌龟①，如果我无法
抚平这片汹涌的海面，
请宽恕我，帮助我，亲爱的心，因为你
担着世界的重负与轮回。

---

① 洛威尔用海龟、乌龟来比喻他的妻子，并无负面含义。她像龟一样负载了所有的沉重，只有她能挽救陷入危机的洛威尔。

致联邦死者

（"他们放弃一切，挽救国家。"① ）

南波士顿的老水族馆
矗立于一片积雪的撒哈拉。破窗钉了木条。
青铜鳕鱼的风向标，已脱落一半鱼鳞。
空水缸里只有风。

曾经，我的鼻子像蜗牛贴住玻璃爬行；
我用手叮叮地敲击，
惊走温顺的鱼群，
鱼鼻上面冒出的泡沫倏然而碎。

我把手收回。常常，我静立叹息，
观看那黑暗的王国里，鱼和爬行动物
倏然而下，植物般生长。去年三月的一个早上，
波士顿市民公园外新立了镀锌的铁丝网，

---

① 这是一句拉丁文碑铭，刻写在波士顿市民公园里的青铜浮雕上，原文是第三人称单数，洛威尔改写为第三人称复数。浮雕的名字是"纪念罗伯特·古尔德·肖暨马萨诸塞第54团"，画的是肖上校骑马，带领一群黑人志愿兵，离开波士顿奔赴南方的情景。浮雕完成于1897年，作者是奥古斯都·圣高登斯（1848—1907）。洛威尔小时候住在附近，详见前文《里维尔街91号》。

我把脸贴在上面。笼子里,
恐龙似的黄色蒸汽铲,嗡嗡震颤,
铲起成吨成吨的淤泥乱草,
开挖其地下车库。

停车位野蛮生长,仿佛
波士顿心脏地带供市民娱乐的沙堆。
橙黄色、新教徒南瓜色的脚手架围住的
叮叮叮的州议会大厦,震颤中

俯视挖掘现场,面对
内战时期的肖上校[1]及其圆脸黑人步兵,
在圣高登斯所刻的浮雕里行进,厚木夹板
撑住发颤的浮雕,抵御车库的地震。

他们穿过波士顿,行军俩月之后,
便有一半人员阵亡;
揭幕典礼上,
威廉·詹姆斯几乎听到那些黑人的青铜之息[2]。

---

[1] 肖上校指罗伯特·古尔德·肖(1837—1863),出生于波士顿著名的废奴主义者白人家庭,去欧洲留过学,上过哈佛大学,美国内战期间,率领以全黑人著称的第54团,在查尔斯顿附近的滩头阵地中弹身亡。一个不太受人注意的细节是,肖也是洛威尔盘根错节的家族中的成员,是洛威尔隔两代的远亲。

[2] 威廉·詹姆斯(1842—1910),美国实用主义哲学家,被誉为美国心理学之父,小说家亨利·詹姆斯的兄弟。他的致辞发表于浮雕揭幕典礼前的一个场合,其中一句是这样的:"那些步行的被逐者,惟妙惟肖,几乎可以听见他们行军时的呼吸。"

他们的碑如一根鱼刺
扎在这座城市的喉咙里。
浮雕里的上校,瘦得
如罗盘针。

他有着一只愤怒的鹪鹩的警惕,
一条灰狗绷紧的温柔;
一有欢乐,他便条件反射似的退缩,
宁可窒息都不愿暴露隐私。

如今,他已出离界限之外。他欣悦于
人类特有的舍生取死的高尚情操——
一旦他率着他的黑人士兵赴死,
便再也无法弯腰。

一千座小镇的新英格兰绿茵上,
都有白色的老教堂冒出,保持着
一种疏阔、真诚的反叛氛围;破损的旗帜
拼织在合众国伟大军队的坟墓上。

抽象的联邦士兵,他们的石雕[①]
每年都变得更单薄、更年轻——
个个都是蜂腰,拄着滑膛枪

---

① 这句话也是对威廉·詹姆斯致辞的改写:这些抽象的士兵,他们的纪念碑在每一处村镇的草地上得到哺育。

致联邦死者　211

打盹,鬓角都透出沉思……

肖的父亲不要纪念碑,
除了沟渠,
儿子的尸体及其"黑鬼们"的
葬身之所①。

沟渠更近了。
这里没有上一场战争的雕像;
在博伊斯顿大街,一张商业化的巨幅照片
把沸腾的广岛安放于

一个莫斯勒保险箱之上,挺过核爆的
"时代之岩"。太空更近了。
当我蜷缩在电视机前,
黑人学童泪水淌干的脸如气球升起。

肖上校
骑在他的泡沫上,
等待
被保佑的破灭②。

---

① 肖阵亡后,南军方面把他和黑人士兵埋在一起,以示侮辱。南军将领约翰逊·哈古德说,如果肖指挥的是白人,那么按照常规,他的尸体是会归还北军的。但是肖的家人认为这是一种荣誉,而不是侮辱。
② 破灭(break)也有休息的意思。

水族馆消失了。到处都是
鼓鳍前拱的巨型汽车,像鱼;
一种滋了润滑油的
野蛮的奴性滑过。

译后记

洛威尔对当代中国诗歌来说不算一个陌生的名字，知道他的读者应不在少数，很多人至少都读过他那首著名的《臭鼬时刻》。但是，贴在他身上的"自白派"标签——不管恰当不恰当——隐隐约约为他作品的流传定了一个"不太健康"的调子，并一直延续到现在。再加上他那首被各路美国当代诗选广泛收录的臭鼬诗对他不经意的"简化"，导致他的作品的丰富性，他对美国当代诗歌乃至对中国当代诗歌的意义，并没有充分显现，也因此得不到一般读者的认识和关注。作为个人生活混乱不堪的美国当代诗歌开创者的洛威尔，他被误解的命运并不奇怪，哪怕说它"实属必然"也不夸大，似乎他的重要性就在于"自白"。"自白"成就了他，但也"毁"了他，至少让读者对他的接受在事实上打了折扣，流于轻慢，虽然这种轻慢——对一个大诗人来说，终究徒劳。

本书是洛威尔两本诗集的全本合集：初版于1959年的《生活研究》和1964年的《致联邦死者》。FSG出版社1967年将两者合为一书出版，本书即据此合编本译出。《生活研究》出版后反响很大，罗森塔尔在当年的书评中称之为"自白派"诗歌[①]，这本诗集

[①] 罗森塔尔（1917—1996）的这篇书评发表于美国的《国家》杂志（1959年9月号），书评说："洛威尔把面具掀开了。在他的诗歌中，说话者就是他自己，这点毫不含糊，很难不把《生活研究》理解为一系列会让人深感羞耻，为防丢脸而不便公开的私密之言。"

从此成为美国"自白派"诗歌的开山之作,标志了美国当代诗歌的转向,影响了几代美国诗人。《生活研究》出版不久之后还获得了"美国国家图书奖诗歌奖",批评家文德勒[①]称赞这本书为"最具独创性的作品"。有很多批评家,包括洛威尔本人,并不赞成"自白"这个简单化的标签,但是这个标签随着时间流逝,逐渐固定化了,成为人们认识洛威尔诗歌的窄门,或者不如说是死胡同。

洛威尔是一个不断开拓的诗人,每一本诗集都是一个风格的开始和结束,绝不耽留。洛威尔出道之后的第二本诗集《威利爵爷的城堡》(1947年)获得普利策奖,这本书是"新批评"影响下的诗集,形式谨严,风格高古,狂暴而内敛。相隔12年的《生活研究》却是对这种风格的一种堪称彻底的背离(也因此遭到他的精神导师新批评派重要人物泰特的恶评)。《生活研究》里的诗,形式自由不羁,内容触及个人私密,用丰富的生活细节构筑质感。这些诗从我们当代人的角度看几乎可以称作平实的诗,但在当时却是惊世骇俗的,因为这些诗把目光聚焦于私人生活,打破了古典主义的连贯性和客观、节制的要求,有时甚至流于伤感,这在传统诗学看来是不可接受的大忌。5年之后出版的《致联邦死者》在风格上承前启后,一方面继承了《生活研究》的开放性,一方面向古典的严谨回归,更加精简,基本形成了洛威尔后期的诗歌特征。这些变化延续了《生活研究》在私人生活方向开拓的诗学空间,但在形式上却开始收敛,因而更加紧张,形式和意义之间的张力更大,却也在某种程度上失去了《生活研究》的从容,在风格上和《生活研究》形成了很大的反差。《致联邦死者》中最有

[①] 海伦·文德勒(1933—),哈佛大学教授,著名的文学批评家。

名的一首——也就是最后那首同题诗——所描述的肖上校,是洛威尔的远亲,虽然洛威尔在诗歌中并没有提到这点,但正是这一点,让此诗对公众空间的进入,以一种隐秘的形式回归到了私人的空间,两者表面上的失衡得到了一个超然物外的,几乎是命运一般的视角的纠正。洛威尔这本诗集随处可见的精练体现了他在开放和控制之间的张力平衡的能力,达到了出神入化的境地。

　　这种不懈的美学追求其实也并非偶然,因为洛威尔的目光是一种认识论意义上的审视,他敏感地,也是天才地找到了对于生活的认识的切入点,也就是被新批评的"客观性"排除在外的私人生活。这很可能要归因于垮掉派(Beat Generation)的金斯堡等人的作品对他的刺激。作为典型的保守的新英格兰诗人,看到西海岸垮掉派亚文化的活力,当时还年轻的他甚至一度觉得自己老朽不堪,背着厚厚的甲壳,亟欲求变,而《生活研究》正是他主动求变的结果,是他对动荡生活的更为直接、更为去姿态化的答案。第一部分的4首诗,更接近他早年的风格,是过渡性的作品,但丝毫不影响这几首诗达到的高度,尤其是第一首《阿尔卑斯山外》,更像是一个走向转变的象征性的宣告。第二部分是长篇回忆录,记录了洛威尔少年时期的心理经历以及父母的紧张关系对他的影响,是他听从心理医生,为了理清自己的精神问题所作的自白,为理解他后面的诗提供了一些生活背景,很有帮助。第三部分是4首传记体的诗。第四部分才是真正的被人们称之为"自白派"的开山之作,也只有15首而已,但其影响所及,远远超出了这十几首诗的体量。很多人认为,洛威尔是当代诗坛艾略特[①]之后

---

① 艾略特(1888—1965),英国现代诗人,诺贝尔文学奖获得者,代表作《荒原》《四个四重奏》等,对20世纪西方文学乃至世界文学影响至大。

最后一个具有"生成性"因素的诗人（据好事者考证，艾略特也是洛威尔的众多名人远亲之一[1]），这个观察，或者判断，现在看来，还是颇有预见性的。

按说洛威尔完全可以在此方向上耽留片刻，安全地享受更多的自由。但洛威尔就是洛威尔，他没有满足于《生活研究》里这十几首诗所达到的高度，而是立马投入了变化的滚滚洪流。在后期的《阅读我自己》中，他写道：

> 划着火柴烧我的血，煮沸；
> 我熟记那些点燃河水的技巧——
> 不知怎么，从没写过可供退守的文字。

虽然洛威尔以不断修改旧作而闻名[2]，但这几行诗正是他一往无前、不留退路的诗学宣言。他的修改不仅是因为精益求精的艺术冲动，还因为他在自己诗学认识的演化中，没有给"静态"留下任何位置。他反复修改的目的是进步，而非完美。

《生活研究》的最后一首，也就是《臭鼬时刻》，和此书同一部分的诗比起来，其实已经有了微妙的变化。在这首诗中，洛威尔的目光从此前的对祖父、父母的回忆，以及自己在精神病院的

---

[1] 但并无证据显示洛威尔或艾略特知道两人之间的这层关系。洛威尔在哈佛纪念堂人来人往的走廊上碰到艾略特，洛威尔比艾略特小大约30岁，当时他还是个生涩的后辈。艾略特为了缓和他的紧张，说："难道你不恨自己被拿来和你那些亲戚比吗？我是恨的。我刚发现我的两个亲戚被爱伦·坡评过，坡完全是碾压他们……我乐坏了……"

[2] 比如《生活研究》的第一首《阿尔卑斯山外》和最初在杂志上发表的时候就有相当大的区别，《致联邦死者》中也收了这首诗的另外一个修订本作为对比，为读者提供了一个窥视他的诗学认识发展的宝贵机会。

遭遇挪开去，通过臭鼬的非人的外在对应，悖论式地移到更深入的自我的内心，酝酿并预示了后期诗歌的风格发展。到了《致联邦死者》，更是和《生活研究》的主体在风格和语气上拉开了距离。洛威尔后来的几本诗集，甚至因为这些激进的变化不被人理解而饱受批评，但是作为一个诗人，他最大的优点恰恰就在于此：永远站在剃刀的边缘，随时准备被生活和命运割伤，把自己的血点燃，煮至"沸腾"，因为对他来说，退后一步即意味着平息、死亡。

洛威尔无法容忍自己待在一个圆圈里打转，而是永远以更远的弧度更"曲折"地返回自己。这种返回并不意味着洛威尔写了任何"可退而守之的文字"，而是一个永远在前，甚至不可及的目标，是诗歌的原动力。自我永远是通向世界的唯一通道，但也是最容易被各色意识形态、各色姿态感所堵塞的通道，每个诗人都需要疏通、拓宽这个通道，洛威尔的诗学抓住的正是这样一个现代诗歌的核心，这也是为什么，一个背负沉重的新英格兰诗人，而不是一个叛逆的西海岸诗人，成了"自白派"的创始人。洛威尔展现了这个过程的艰难曲折，而非金斯堡[①]的那种"一蹴而就"，也因此更具悲剧性，更具抛弃既往成就的决绝，否定自我的勇气。

洛威尔的一生是离经叛道的一生。他 1917 年出身于波士顿名门望族，家族中从古到今，名人辈出，在美国的军、政、学、商及宗教各界有盘根错节的利益和影响。他显赫的家世，他跋扈的

---

① 金斯堡（1926—1997），美国垮掉派文学的核心人物之一，代表作为长诗《嚎叫》。

性格，他的一切，似乎都在保证他将前途远大，绝对不会成为一个诗人。然而命运选择了他当诗人，或者说他主动选择了这样一个命运，把无限的可能性压缩为一个坚不可破的核，种在心里，用他全部的能量喂养。他的一生就是要破开这个核，发出芽来。现在来看，也许他的能量足够这个核发芽，但是这个芽，从某种程度上来说，比后来的花朵更伟大。美国梦不讲出身，但洛威尔确是一个异数，他虽然离经叛道，但仍深受家族背景的规范和影响。洛威尔一度对族谱大感兴趣，被戏称为美国诗坛唯一一个有家族意识的人。这虽然是个玩笑话，但他很多诗里的历史人物，确实是他的某个远亲，还有些人物虽是他的远亲，但他并不一定知道。在很多场合，洛威尔不无尴尬地利用自己的家族背景，突出了自己的诗人地位。

洛威尔在波士顿附近的私校圣马可中学上高中期间就是一个问题孩子，人称"卡尔"（古罗马暴君卡利古拉的简称）。1935年洛威尔上了哈佛大学（当时还是哈佛学院），住在他的叔叔——校长阿伯特·劳伦斯·洛威尔家里。一切顺利的话，他将按照父母的设计，踏入精英阶层的既定轨道。但出人意料的是，他在哈佛只读了两年便退学了。一般都认为他退学的原因是出于对诗歌的追求，洛威尔当时认为哈佛的新英格兰保守的诗歌气氛令人窒息，他对扎根于美国南方经验的新批评派更感兴趣，曾经去纳什维尔拜访艾伦·泰特，被泰特的诗学见解所震撼，当即表示要追随泰特。艾伦·泰特很委婉地对这个鲁莽的小伙子说家里拥挤，"除非你想住我家的草坪"。洛威尔"装作"听不懂泰特的婉拒，从附近的百货连锁店西尔斯（Sears）买来帐篷，在泰特家的草坪上住了两个月。泰特不久便去了俄亥俄州的肯庸学院任教，再加上新批评的另一位核心兰塞姆①也在肯庸学院,对志于诗歌事业的洛威尔来说,如何抉择便根本不是问题了。

　　此外,洛威尔退学肯定也有个人生活的原因。在洛威尔父母眼里,洛威尔的"自甘堕落"完全就是大逆不道,尤其是洛威尔强势的母亲,从洛威尔甫一出生即给他在著名的圣马可中学预定了入学资格,她完全无法接受儿子背离她为他精心设计的人生路线。洛威尔和父母的紧张关系很快就发展到了不可收拾的地步,洛威尔因为父母对他和初恋对象的交往进行粗暴干涉而发了狂,在一次争吵中一拳把父亲击倒在地。洛威尔在后来的诗歌中数次提到这个对他影响至大的事件,企图在心里和过去的自己达成永远无法和解的和解。在各种个人危机的爆发和诗歌取向的矛盾之间,洛威尔去意已决。为了和新英格兰拉开距离,洛威尔甚至发展出了一套独特的南方口音,鼻音很重,使他的朗诵具有一种动人的魔力,比史蒂文斯四平八稳的语调要抓人得多,可以和弗罗斯特媲美,但更有一种沙哑的侵略性。

　　最终,肯庸学院也解决不了洛威尔的焦躁不安,但他总算是顺利毕业。在旺盛精力的驱动下,他广泛阅读,四处出击,寻找写作的可能性的各种向度。洛威尔并不是一个甘于书斋生活的知识分子,他深度参与各种公众活动,成为一个著名的反战人士。他在二战期间拒服兵役,并致信罗斯福总统宣扬他的观念,为此而蹲了几个月的监狱。《生活研究》中的《回忆西街和莱普柯》写的就是他的这段监狱经历。20世纪60年代他反对越南战争,拒绝了时任总统林登·约翰逊请他去白宫赴宴的邀请,还参加了华盛

---

① 约翰·兰塞姆(1888—1974),美国诗人,批评家,新批评派的代表人物之一。

顿大游行,并发表反战演讲,这场游行因为当时在场的小说家诺曼·梅勒的纪实而成为美国历史的经典时刻。

公众生活的耀眼形象并不是洛威尔的全部,社会角色之外的洛威尔是一个饱受折磨的躁郁症患者,无数次出入精神病院。在私人生活上,洛威尔更是混乱不堪,先后有三次婚姻,围绕他的负面新闻层出不穷,从问题少年,到问题中年,他给身边的朋友和家人造成了很多伤害。最终,他也得到了很多亲人朋友最大的包容,因为他们亲眼看到他在精神病院里接受电击治疗,服用锂盐,饱受非人的折磨,无法不原谅这个并没有更好过的"坏蛋",因为这样的他只有更痛苦。1977年9月的一天,60岁的洛威尔从机场出发去探望第二任妻子伊丽莎白·哈德威克,途中心脏病发作,死在出租车的后座上,到了地方唤不醒才被司机发觉。他被安葬于位于新罕布什尔州的邓巴顿家族墓地。《生活研究》里有一首叫《邓巴顿》的诗,写他和外祖父去家族墓地扫墓,还有一首诗《从拉帕洛坐船回家》写他从意大利携母亲的遗体回国,葬于同一个墓地,"在零度以下的气候里,/瑟缩于怀特山下"。如今,轮到了他。

洛威尔几乎成了现代诗人的典型,似乎现代诗人不是精神病患者,就是妄想症患者,或者干脆就是堕落腐败的恶魔,否则便似乎和真正的诗歌无缘了。因为他那巨大的声誉,他私人生活的很多事件都被无限放大,甚至神化了——可以想象,并不总是沿着褒扬的方向。比如他在阿根廷醉酒,调戏女性,被几个壮汉制服送入精神病院的事情,就广为流传,但后来人的回忆或转述往往互相矛盾,莫衷一是,连基本的事实都很难还原清楚,唯独他的恶名是确然无疑了——公众有时候更需要名人的丑闻作为娱乐的佐料。洛威尔既是名人,也是病人,注定是要被闲人消费的。

他和弗罗斯特一样,被各自的传记作者恶魔化,在死后很长的时间里,被钉在耻辱柱上。

洛威尔健康的时候,是一个关心体贴的父亲、慷慨大方的朋友,他的心里充满了深重的悔恨和内疚,为自己不清醒时的胡作非为,经常是自愿接受更极端、更痛苦的治疗手段,似乎接受激进治疗的目的是通过自虐来赎罪,而不是治病。洛威尔学识渊博,见识惊人,也乐于分享。很多诗坛后辈,包括沃尔科特①,都曾受过他的提携和恩惠,他们怀着温情回忆他睿智发光的大脑门,他对朋友和家人的谦和、真诚、无私的付出。洛威尔在生活上是一个矛盾的人、痛苦的人,很多痛苦经验都进入了他的诗歌。有时候,你会怀疑他诗歌中的灵光闪现和情感强度,到底是精神恍惚的产物,还是理性的可控聚变,或者是二者兼而有之。

有一点是确定的,对于洛威尔来说,一切都必须给诗歌让路,包括家人、朋友,尤其是自己。这种投入绝非"丑闻"一词能够概括,因为这是一个生命的赌注,虽然"丑闻"只是一个副产品,但有时候"丑闻"会喧宾夺主,盖过他的生存论意义上的努力。为了诗歌,洛威尔押上了他的全部生活作为筹码,赌的就是那个不可捉摸的"诗"对他的眷顾。你可以说他自私,但是他对自己也是自私的,因为他的真诚是针对诗的,为此他不惜以自己作为代价,"名声"更不在话下。而他的豪赌,确实得到了上天的青睐。不知道这是运气,还是他的努力,或者是二者兼而有之。美国诗歌,乃至世界诗歌的洪流从他的身边流过,永久地拐了一个

---

① 沃尔科特(1930—2017),加勒比海岛国圣卢西亚诗人,诺贝尔文学奖获得者,洛威尔去加勒比海地区访问的时候,沃尔科特夫妇等人陪同。后来沃尔科特去美国波士顿大学教书期间,洛威尔利用自己的关系网和影响力对他多有帮助。

大弯，流向了一个更开阔的河道。他本人的存在似乎是偶然，但是从方向上影响了必然，很多受惠或"受害"的后世诗人，只知道洪流滚滚，却不知道洪流为什么来到自己的眼前。

确实，很多诗人，包括我们很多中国诗人，都在某种程度上写着洛威尔的诗，虽然我们习焉不察。这倒并不是因为洛威尔的影响太隐秘了，而是因为太广泛，甚至于表面上显得稀薄，以至被影响的人根本觉察不到他的 O 型血在自己血管内的"异质"之流。他打开的自我的潘多拉盒子，再也合不上了。从"自白派"开始，当代诗歌就成了一个不断逼视自我的深化过程，如果你不能比洛威尔对"自我"的省察更深入，那么你的主题就是模糊的。诗人必须透过一层固有认识的毛玻璃，穿透漫漶、错觉、变形，看到真实。而这个真实是相对的，是一个遵循摩尔定律的不断清晰的真实。所有的写作都要从这个自我最赤裸裸的逼视下，战战兢兢地通过。虚浮的东西从来没有那么臃肿，掩饰的姿态显得前所未有的虚假。一个诗人借助洛威尔牌电梯，可以直抵地狱，也可以直达天堂，暧昧的政治已经不再可能。一不留神，一个诗人的写作就会沦为回避真实的歌功颂德，稍一过分，就会格外矫揉造作，诗人最常犯的毛病就是在在皆是的姿态感。即使你独辟蹊径，完全不涉及洛威尔的主题，也不能例外，因为这个时候，洛威尔就好像退化的阑尾，似乎无用，但随时都会发炎。在后洛威尔时代，一个诗人似乎只可以通过诗学分辨率的提升看自我，透过这个越发清晰的自我看生活、看世界，给诗歌一个新的定义，成就自己的诗歌地位。一方面，这个诗学进化的摩尔定律似乎还远远没有到达纳米制程的极限；另一方面，不可避免的是，革命的因子也早已勃发，但令人庆幸的是，我们已经有了一块更健康、更肥沃的土壤——拜他之赐。

和很多与我同代的写作者一样,我很早之前就读过洛威尔,尤其是那首著名的《臭鼬时刻》。那应该是 20 世纪 90 年代初的北京,我还记得当时是如何着迷于那首诗的语气,那种深刻的痛苦,在一种微微的神秘氛围中发酵,有一种触手可及的感同身受。在自己的写作中,我有好几次返回那个"时刻",似乎能把握到洛威尔的脉搏一样。但是,洛威尔所达到的高度远超我的想象。20 世纪 90 年代的诗歌生态是一种共时性的混乱,但具体到个人,比如我自己的诗歌自我教育,却是一个历时性的过程。洛威尔的声音虽然冲击力强大,但对我的影响还不太显眼,或者说,我对他的影响并没有自觉。我虽然经常陷入阴郁的心境,但不是一个洛威尔式的疯子;我虽然漂泊异国他乡,但并不是布罗茨基式的流亡者。所有的影响好像被长焦镜头压缩,这些影响的历时性就成了共时性,虽然我还能分辨各种不同的声音,但它们事实上已经浑然一体了。这时,洛威尔的隐性声音越来越浮出表面。我曾多次和朋友们说,洛威尔是比他提携过的那些著名的后辈诗人——比如沃尔科特等人更伟大的诗人,原因就是他的风格是那种杜甫式的、我们可以学习的风格,甚至偶尔做得比他更好,因为我们写作的题材和方向是一致的,而沃尔科特的诗,因为他独特的背景,是别人写不来的。洛威尔是一个隐秘的活水源头——虽然他本人并不低调——这也算一个不大不小的异数,因为高调,特别是风格的高调,往往意味着到此为止。这次有幸翻译洛威尔的代表作,我有机会深入了解他的写作,认识到他的意义所在。虽然他的声誉,在最近几十年,尤其是相对于他一生的朋友——诗人伊丽莎白·毕肖普而言有所减弱,但这种减弱,正如上文所述,是一种深化的表现,也许,我们这些现在还在沿着他的路子写作,在他开拓的诗学空间探索而不自觉的人,都欠他一声迟到的感谢。

他的诗歌遗产并没有指定专人继承，而是温柔又强迫性地介入我们的写作，形成一个艾略特意义上的诗歌传统，但并不预设任何条件。换句话说，他的诗构成了我们的认识基础，是一种并不需要我们主观努力即能获得的传统，也许我们需要考虑更多的是变化，而不是让自己跻身其中，以便配得上它，但这种"变化"的基础是我们对自身的真实体认，因为有了他，我们对这种体认更有底气了，也因此更有了动力去探索、去求变。

译　者

Life Studies and For the Union Dead by Robert Lowell
Copyright © 1956, 1959, 1960, 1961, 1962, 1963, 1964 by Robert Lowell
Published by arrangement with Farrar, Straus and Giroux, New York.
All rights reserved.
Through Bardon-Chinese Media Agency
Simplified Chinese translation copyright © 2023 by Guangxi People's Publishing House Co., Ltd.
All rights reserved.

桂图登字：20-2023-167

图书在版编目（CIP）数据

生活研究；致联邦死者 /（美）罗伯特·洛威尔著；杨铁军译 .—南宁：广西人民出版社，2023.10
（洛威尔系列）
书名原文：Life Studies and For the Union Dead
ISBN 978-7-219-11561-9

Ⅰ.①生… Ⅱ.①罗… ②杨… Ⅲ.①诗集—美国—现代 Ⅳ.① I712.25

中国国家版本馆 CIP 数据核字（2023）第 155992 号

生活研究　致联邦死者
SHENGHUO YANJIU ZHI LIANBANG SIZHE
[美] 罗伯特·洛威尔 / 著　杨铁军 / 译

出 版 人	韦鸿学
策　　划	白竹林
执行策划	吴小龙
责任编辑	唐柳娜
责任校对	覃丽婷
装帧设计	刘　凛

出版发行	广西人民出版社
社　　址	广西南宁市桂春路 6 号
邮　　编	530021
印　　刷	广西民族印刷包装集团有限公司
开　　本	889mm×1194mm　1/32
印　　张	7.5
字　　数	175 千字
版　　次	2023 年 10 月　第 1 版
印　　次	2023 年 10 月　第 1 次印刷
书　　号	ISBN 978-7-219-11561-9
定　　价	59.80 元

版权所有　翻印必究